知返

● pillworm 著

长江出版社

Contents

年 月 日　　考试倒计时： 天

课目：

来源：
○ 作业　○ 试卷
☑ 其他

重要指数：
★★★★★

掌握程度：
★★★★☆

分析错误原因：
○ 审题不清
○ 运算错误
○ 思路错误
○ 粗心大意
☑ 其他原因

归纳总结：

陈铎：
"我从来没放弃过。"

周诣：
"厉害。"

原题：

知返
Star for You

正解 & 分析：　　　　　　　　　　001

第一章 / 复读　　　　　　　　　　031

第二章 / 冲突　　　　　　　　　　061

第三章 / 失控　　　　　　　　　　119

第四章 / 纸星星　　　　　　　　　142

第五章 / 回家　　　　　　　　　　165

第六章 / 分别　　　　　　　　　　189

第七章 / 值乎　　　　　　　　　　226

番外一 / 周诣的十六岁　　　　　　231

番外二 / 陈铎的十六岁　　　　　　235

番外三 / 十中演讲　　　　　　　　242

番外四 / 演唱会

第一章
复读

周诣从网吧的厕所里出来,发现自己对面的电脑被一男一女占了。

他挑起眉,斜睨了他们两秒。

十八年的单身生涯给周大爷惯出来一身毛病。他最烦在公共场所跟情侣挨在一块儿,尤其是在图书馆和网吧。

他有一回正巧跟邻座一对情侣匹配成游戏对手,两个人卿卿我我、搂搂抱抱,害自己吃了一顿"狗粮"不说,还打出了零个"人头"、七次"死亡"的悲摧战绩。

他琢磨着要不要换台电脑,话还没说出口,"砰"的一声,对面的女人突然重重地砸了键盘一拳:"你听不懂人话,是不是?!"

女人身上穿着朴素的碎花裙,补丁的边缘泛着焦黄的油渍,全身透露着家庭主妇的气息。

而被迫中断游戏的男人只是慢慢地扶了扶鼻梁上的眼镜,不说话。

"让你去接孩子,你偷着来打游戏?!家里的碗也没刷,地也没擦,这日子还过不过了!"

网吧里打游戏的人们闻声看过来,一眼便知情况。大多数人已对这种情景司空见惯,事不关己地戴上了耳机,一点儿看热闹的兴趣都没有,就剩几个初入社会的单身小年轻还探着脑袋往周诣这边瞅。

周诣懒懒地看了对面的人一眼,不到三秒,便又把视线挪回了电脑屏上。

旁边有个大叔看不下去,插了一句嘴:"行了吧,大姐,打两把游戏能死吗?"

"关你什么事?!又不是你的孩子没人接!你插哪门子的话!"女人恶狠狠地瞪了他一眼,"闭上你的嘴!"

当众被数落的男人也是倔驴脾气,就这么直愣愣地坐在椅子上,半点儿要跟女人妥协的意思都没有。

四周有年轻小姑娘在看戏,女人感觉自己的脸上有点儿挂不住,气得嘴唇抖了起来。她胡乱地抹了一把脸,扬起大掌就要朝男人的脸上打去。

顷刻之间,身后忽然走来一个男生,一把攥住她的手腕,将她拽住。

第一章 复读

"你干什么?!你是谁呀?!放开我!放开!"

一直沉默的男人终于站了起来,手足无措地盯着陈铎看,喉结滚动,不知该作何反应。

陈铎目光冷淡,他抬手指向网吧门口:"出去闹。"

"我们的家事轮得到你一个外人插手?!松开我!我数到三!"女人仍不依不饶。

"带她出去,"陈铎眯眼看向男人,"一分钟之内。你不动手,我动。"

男人像是脑子死机似的,愣愣地点了一下头,赶忙从陈铎手里扯过女人,低声说:"行了,行了!"

他一边说一边把女人往网吧门口拽,女人嘴里骂骂咧咧,路过谁骂谁,如同失控一样四处撒泼。

"这日子别过了!离了吧!离吧!

"成天就知道打游戏,还过什么!

"你看什么看!你长大结婚了跟我一个下场!一个下场!"

网吧里激荡起一阵窃窃私语声,嘈杂了十几秒之后,女人被拖离了网吧。

陈铎低着头,一言不发地开始检查电脑键盘是否被损坏,接着扶起倒在地上的电脑椅,收拾完战后的狼藉,便走回了前台上班。

网吧的老板二十五六岁,脸上妆容颇浓。她抬了一下眼皮,看了一眼还在门口争吵的男女,面无表情地说道:"迟到两个小时,今晚工资全扣了。"

陈铎"嗯"了一声就没说别的，去饮料机里拿了一瓶矿泉水，走到角落打电话。

老板也不生他的气，提起包，换上高跟鞋，下班回家。

电话接通，对面的人流里流气地"喂"了一声。

陈铎直言："过来。"

对面的葛赵临打着哈欠说："店里人多吗？你要是忙，明天再打也行。"

葛赵临在学习这方面一直是个矮子，在打游戏这方面却是个巨人，平日里靠游戏代练赚生活费，偶尔碰到高段位王者局，为了求稳，就会拉上陈铎打双排比赛。

"明天没空。"陈铎环视网吧一周，"不多，赶紧。"

"行，十分钟。"

陈铎挂断电话，拧开矿泉水，仰头喝了一口，随手把水瓶放到了桌上。

这家网吧白天归老板照看，他守夜班，周边环境纷乱，一到晚上什么妖魔鬼怪都有，鱼龙混杂，趁网管打个瞌睡的工夫，就会有人干点儿手脚不干净的脏事。

这里不仅来上网的暴躁青年多，来抓老公的年轻妇女也不少。陈铎最烦遇到这种家长里短，一烦就不想客气地说话了，像刚才似的直接把人赶出去，简单粗暴。

第一章 复读

自从看见陈铎出现之后,周诣就很放心地继续听网课了。

有一说一,他对陈铎摆平纠纷的能力很信任,毕竟这人就是一个闻名全校的"大哥大"。

周诣刚来十中复读,两天在学校一共上了八回厕所,回回都听见有人一边撒尿一边议论陈铎。

周诣愣是没从他们嘴里听过一句好话。

有个男的,说陈铎勾搭别人的女朋友;另一个说陈铎被别人当众羞辱过;还有一个小哥,说陈铎是条疯狗,见谁打谁……

总之,他们口中的那些缺德事,听得周诣都有点儿尿不出来了。

网课看了没多久,周诣嗓子眼里刚压下去的干痒感又密密麻麻地蹿上来,他起身走到前台边,随手拿了一瓶桌上的矿泉水,冲低着头的陈铎问:"三块?"

陈铎抬头,看了一眼他手里的水,又看了看他,说:"这瓶我喝过了。"

周诣有点儿尴尬地把水放回去,换了一瓶,接过陈铎找给他的两个大钢镚儿,转身走了。

葛赵临一脚迈进网吧,看到周诣的时候当场愣住。他不敢相信地眨了眨眼,快步走到前台边,冲陈铎悄声问:"'土匪头子'怎么回来了?"

"谁?"

"周诣呀！你忘了？你们以前没见过？"

陈铎想了想这个听起来有点儿耳熟的名字，说："听说过，没见过。"

他在三年前中考那会儿听人提起过周诣，周诣是实验中学的年级第一名，要跟他抢夺全市第一名的好苗子。

"我要不要过去跟他打招呼？但我估摸着他早把我忘了。"葛赵临一边坐到陈铎旁边开电脑，一边说，"他回来肯定没好事，八成在外地惹着人了，跑回老家避难。"

这话说得不假，中考前一个月，一向以"行事随性"出名的周诣又办出了一件不计后果的浑事，放着市重点高中不上，去了技校。

殷实的家底给了他胡闹的底气，那时候他拍着胸膛说自己九年义务教育结束，要出去放飞自我潇潇洒洒，结果在技校上了两天半的课，就和人起了一次冲突，之后便卷铺盖走人，再没了消息。

陈铎记得周诣去技校的消息传出来那天，班主任兴奋到骑着电动三轮车，拎了八箱营养快线来他家报喜，脸上的表情那叫一个眉飞色舞。

陈铎当时还是个老实孩子，周诣这么一犯浑，自己中考拿下全市第一名这件事就没有了半点儿挑战性。

"打几单？"陈铎转头问葛赵临，伸手揉了揉后脖子。

"三把晋级，剩下的我自个儿打，你上班就行。"

"成。"

第一章 复读

葛赵临趁着游戏加载的工夫，又往周诣的脸上瞟了好几眼，"啧"了一声，问："你没看出来？"

陈铎顺着他的目光看了一眼周诣，说："看出来了，长得确实有点儿像土匪。"

"不是，那五官多英气呀，不比你这个小白脸好看多了？"葛赵临酸溜溜地说，"我们男的都觉得那样的长相才叫帅，你这种'小鲜肉'长相，也就有些女生喜欢了。"

葛赵临曾经用了半年的微信头像原图本人就是周诣，这事让他一个大老爷们儿说出来，其实还有点儿让人害羞。

周诣还在学校念书的时候，偶尔会被人偷拍照片，发到学校贴吧让人围观，特别吸引人的几张照片，也被几个学弟、学妹拿去当头像用过。

葛赵临用的那张是周诣趴在栏杆上嚼口香糖的照片，侧脸线条流畅，眉眼模糊不清，鼻梁和喉结的轮廓却很明显。

葛赵临当时乍一看，就怒骂"凭什么别人能长成这样"，之后就把这张照片设置成了微信头像，逢人就说，以后他要是有钱还不怕疼，就照着周诣这张脸整。

陈铎对他的嘴欠行为一点儿反应都没有，看了一眼屏幕，淡淡地说："开了，进。"

游戏打到一半，有人敲了敲前台的桌子，陈铎没理，葛赵临更是没反应。

等陈铎的屏幕灰了,他趁"复活"时间抬头,看见一个穿着十中校服的女生站在台前,神情忸怩。

"借充电宝?"陈铎冲她指了指桌上的机器,说,"扫码就行。"

那个女生一和陈铎对上视线,心脏立刻"咚咚"狂跳,摇着头说:"我不是要借充电宝,我是……我是想……"

葛赵临把键盘敲得"噼里啪啦"响,咧嘴笑得欠揍极了:"女厕在二楼,左拐。"

女生的脸蓦地红透。她刚想张口说话,陈铎却已经低下头继续打游戏了。她的紧张感顿时消退了不少,只是心情也忍不住沉了下来。

她失望地小声喃喃:"想在你这儿上网。"

"我们这儿不接待未成年高中生,"陈铎没什么情绪地说,"回去上课吧。"

女生惊讶地抬头看向他,没料到自己的声音小得跟蚊子似的陈铎都能听见。

陈铎仍旧盯着屏幕,很认真地在打游戏。他只不过一直留着神,才听清了她的话。

女生心里莫名其妙地生出一股暖烘烘的感觉,她朝陈铎微微鞠了个躬,悄悄离开。

半夜两点,连看了五小时的网课之后,周诣实在困得顶不住,

第一章 复读

收拾好东西,挎上书包回家。

他租的房子离网吧有点儿远,走回去得半个小时。虽然他想过买辆代步自行车,但又苦于囊中羞涩,只能作罢。

这次回来复读课程很紧,他没时间打工赚生活费,能省的钱尽量省,卡里那点儿家底得抠着花,不然这两年他得上街要饭。

刚进家门,裤兜里的手机就振动起来,周诣看一眼来电显示,按下了接听键。

"你死哪里去了?"那头的人说。

"回老家了。"

周诣不咸不淡地应了声,对方接着放出一连串轰炸的话。

"你不打招呼就走?兄弟在你眼里头就什么也不是?可有可无是吧?"方际的嗓门一声比一声大,他喊到最后直接破了音,听着像只声音劈了的公鸡。

"大前天晚上打过招呼了。"周诣平淡地说。

"那你跟恺哥说一声再走,白眼儿狼,真不是个东西,服了。"

大前天晚上一群兄弟玩得分不清东西南北。周诣窝在沙发里,两腿叉开,手上拿着一副扑克牌,自言自语似的喃喃:"我要回去复读。"

屋里的音响声震耳,方际没听清他嘟囔着什么,大吼一声:"什么玩意儿?"

"我说,"周诣深呼吸一口气,闭眼说道,"我要回去复读。"

在场兄弟笑着骂他,就当这是他的每日一犯浑,压根儿没放心上。

没想到第二天一早,周诣一声招呼都没打就走了。

"帮我给王恺捎句'对不起',"周诣说,"然后跟他说我不干了。"

"你以为恺哥挺稀罕你?你是什么玩意儿?你配让我传话?"方际气不带喘,一通乱骂之后,沉默了一会儿,问道,"你回咱们老家复读?"

"嗯。"

"哦,爱读就读呗,"方际顿了一下,突然又乐了,"反正你撑死也就压线考一所不太好的学校,到时候一个月就那点儿工资,穷酸蛤蟆。"

"土狗。"周诣嗤笑了一声,果断挂了电话。

方际这张嘴在兄弟里头算数一数二臭的了,素质也约等于零,周诣最烦跟方际打电话,因为隔着电话揍不着他。

周诣三年前的那场冲突,方际和王恺都是参与者。

被邻里举报了之后,他们只好挨家挨户赔礼道歉。

闹剧收场,风波平息之后,周诣跟着一群兄弟背井离乡,去省会混了三年,白天当当健身助教,到了晚上就去打打台球、烤烤串。他这三年过得倒真是挺潇洒,放飞自我,都快不知道地面在哪儿了。

回来复读这件事情,周诣犹豫了半年。订火车票的时候他脑子很清醒,因为他知道,一旦做出这个决定,自己往后的人生就会被

第一章 复读

彻底打乱了。

周诣刚挂断方际的电话,手机又振动起来。

他叹了一口气,这次连对方是谁都懒得看了,直接按下接听键,不过没出声。

然而半晌过去,对方也没出声。

两个人保持了很久的沉默,显然都在等对方先开口。

周诣嗤笑一声,懒得理睬,踩着拖鞋踱到窗户前,看着窗外出神。

三分钟后,一个没有情绪起伏的女声从电话里传出:"回来干什么?避难,还是讹爸妈的钱?"

是他的姐姐周岐。

周诣眯了眯眼睛,说:"复读。"

周岐得到答案,没再说一个字,电话立刻被挂断。

好样的,漂亮!周诣在心里大声夸了她一句。

周岐干什么事都干净利落,相比之下,方际倒显得拖泥带水。

手机跟中毒似的"唰唰"弹出新消息,省会那边的人都在问他的去向,周诣内心毫无波澜地划了两下,然后果断关了机。

他得把自己从那群狐朋狗友的朋友圈里抽离出来。这种社交关系,当断则断。

第二天周诣醒得很早,但起床过程并不容易。他是用胳膊肘抵着床，硬生生把自己撑起来的。

四小时都没睡够，他一下床就头晕眼花，好一阵才缓过来。他狠狠地甩了两下头，洗漱完毕出门上学。

离校门还有十几米远时，周诣看到一个戴着学生会徽章的男生在查岗，果不其然，轮到他进门的时候，男生的一条胳膊便伸了出来。

这动作还挺野蛮，对方臭着脸问他为什么不穿校服。

"定了，还没发。"周诣顿了顿，补了一句，"我是复读生。"

男生听到"复读生"这三个字，无端地笑了一下，耸了耸肩说道："校服没发，你不知道去借？"

"问谁借？"

"毕业的、退学的、被开除的，这么多人，你一个都不认识？"

周诣看着这人脸上两片开合的厚嘴唇，不耐烦地说："直接记名，高二（9）班，周诣。"

男生愣了一下，硬是没想到新来的学生敢这么横，刚想再叨叨他两句，眼前突然闪过一道人影，骑着自行车"唰"地一下就飞进校门了。

那人大裤衩配黑T恤衫，连件校服都没往身上套。

男生转头嘶吼："陈铎！你那学分都被扣成负数了！"

陈铎头也没回，直接就往自行车棚冲过去了。

男生怒骂一声，气昏了头，大步朝陈铎走去。周诣趁机一溜，

第一章 复读

从小门绕进了教学楼。

教室里这会儿人不多,周诣到的时候只有几个男生围聚在前排,低着头狂戳手机,嘴里不停说着脏话,十分激动。

周诣很无语。他的座位就在他们后面,他一边掏书,一边忍着桌子被小幅度碰撞的不适感,然而他连凳子都没坐热乎,这群人就开始了。

先是一个人点开了一个视频,接着其他人围上去看,然后视频音量被调到最大声。

他往前瞥一眼手机,看清了视频的内容。

在画质模糊的录像里,一个瘦高的男生正站在墙根下道歉,周围四五个男生哄笑打闹成一团。

"关了。"周诣的声音有点儿沉。

视频里道歉的人,是陈铎。

周诣来十中复读第一天,就有人把这段视频转发给他了。他看第一眼时就觉得离谱儿。

拿手机的人转头看了周诣一眼,连着"啧啧"好几声,相互讨论起来:

"陈铎这小子就是欠收拾,还敢去招惹马哥,最后还不是被治得服服帖帖的?"

"就他这样的人还有好兄弟帮他拉架呢,真亏了人家一片好心。"

"陈铎这么瘦,还挺扛打,他那个好兄弟叫齐什么来着?齐……"

"关了。"周诣重复道。

"你使唤谁呢？别仗着是个'老油条'就在这儿跟我横，我随便叫个……"

周诣吼了他一声："说三遍了！关了！"

旁边的人赶紧帮忙把视频关了，一群人转过头看着周诣，但没敢还嘴，就跟他大眼瞪小眼。

周诣被他们瞪得浑身不舒坦。他们那眼珠子就跟弹珠似的，仿佛下一秒能弹出来打在他的脸上。

他瞪了一眼回去，拿着"宝贝三件套"从座位上站起来，走出教室。

口香糖、钥匙和耳机，是他的"宝贝三件套"。这是周诣亲口给它们起的小名，这三件东西他上哪儿都得带着，宝贝得跟什么似的。

周诣走出教室，拐弯去了厕所。

这会儿厕所里特别安静，平常说陈铎坏话的"小碎嘴"们似乎都不在，周诣往里走了两步，突然听见里面传出几声喧哗。

周诣的脚步条件反射地顿了一下，但他尿急又胆大，不想管那么多，径自走进厕所之后，看见尽头聚着一堆体育生，人高马大的，个个直逼一米九。

平常比谁都闹腾的"小碎嘴"们原来都在，此刻非常整齐地站在墙边。这会儿别说碎嘴了，瞅瞅他们那小样儿，喘气都不敢大点儿声。

第一章 复读

陈铎就站在这些人旁边，低着头在手机上打字，没有人发现周诣这位不速之客。

周诣看了一眼这群体育生们，顿时让他不知道自己该不该撒这泡"陈年"尿了。

现在这场面，完全可以入选他人生十大尴尬时刻之一。

撒吧，他怕会把陈铎的注意力吸引过来，也不知道这群人在干什么；不撒吧，小腹憋得又有点儿胀，而且这样对身体不好。

陈铎恰好发完短信抬起头，一眼就看到周诣站在那儿，对着便池干瞪眼。

他用肩膀轻轻撞了一下旁边的葛赵临，压低声音说："'土匪头子'。"

葛赵临一听这话，立刻转头看向周诣，接着冲他吹了一声响亮的口哨："周哥！"

"哎！"

周诣看见葛赵临朝自己走过来，仔细回想了一下这人是谁。他听见有人喊"周哥"都会下意识地应一声，但不一定认识人家。

"你是几号回来的？看你这表情早把我忘干净了吧。"葛赵临走到他旁边笑着说。

周诣沉默了一会儿才开口："赵葛临？"

葛赵临叹了一口气，刚想再说点儿什么，早自习铃声比他快了一步，只好冲周诣摆摆手说道："算了，哥，有空我去班里找你叙旧，回去上课吧。"

"成。"

上完厕所出去的时候，周诣又回头看了一眼，发现陈铎把其中一个体育生拉了出来，嘴唇一张一合，似乎是在说些什么。

陈铎口袋里的手机在这个时候响起，刚才跟他发短信的人打来了电话。他去了走廊上，背靠栏杆，沉默着听对面的人说些废话开场白。

葛赵临从厕所出来，用口型无声地问：你妹妹？

陈铎点了点头，打断秦弦的话，直截了当地问："要多少？"

秦弦装糊涂似的"啊"了一声，尾音却暴露出抑制不住的窃喜之意。她犹豫不决地"嗯"了七秒，试探性地开口："五……嗯……三千可以吗？"

陈铎"啧"了一声。

秦弦从陈铎那声"啧"里听出一种轻蔑的语气，呼吸声顿时变得有点儿急促，胸腔里一颗心脏忐忑得七上八下的。

陈铎过了半晌都没说话，秦弦只能硬着头皮给自己圆场："就是……我想把短发接成长发。然后开学了嘛，一暑假没见了肯定要跟同学聚会呀、逛街呀、吃饭呀之类的，还有，班长过生日我得送礼物吧？他一双鞋就上千了，我怎么说也得送个六七百的东西吧？还有就是老师说……"

"知道了。"陈铎第二次打断她的话。

第一章 复读

他听不下去了。

"知道了"这三个字在秦弦耳里,和"马上给你打钱"没区别。她顿时乐了,夸了陈铎好几句甜腻腻的话,一口一个"好哥哥"。

陈铎对她这套装模作样的讨好话语有点儿犯恶心,"嗯"了一声就挂断了电话。

葛赵临看着他,忍不住多嘴:"你少惯着她。"

"她离家出走了,没生活费。"陈铎说。

"你养活自己的时候,比她现在还小吧?"

"她一个小姑娘出去打工,能让人放心吗?"陈铎叹了一口气,揉了揉后颈。

"反正我觉着,你早晚给她惯出事来,"葛赵临打了个哈欠,换话题说道,"今天晚自习你看班?"

陈铎:"对。"

"那我直接去网吧打单子了,你麻溜点儿,点完名就赶紧出来。"

"行。"

周诣回教室上完半天课,又一次深刻体会到了十中这学校有多垃圾。校风差先不提,教学质量简直比烂番茄还烂,怪不得连他这种学生都敢收,而且他也没交到什么像样的朋友,放学后只能自己一个人去食堂吃饭。

这两天其实他一直在外面吃。食堂的伙食太油腻,他只愿意吃牛肉面。但后来又发现，卖牛肉面的阿姨不怎么讲究，他在面里吃出过三次头发。

在最角落的餐桌边吃完饭，回教学楼的路上学生很多，以周诣的身高，他一眼望过去，全是各种形状的发旋儿。

十中有个规矩延续了好几届，想学习的学生去一号自习室，"闲杂人等"去二号和三号自习室。

"闲杂人等"，换个说法就是只想睡觉的"学渣"和不学无术的"混子"。

周诣觉得三号自习室管得松，吃零食肯定没问题，就是有点儿吵而已。他的抗干扰能力很强，只要那些人不放炮仗不蹦迪，他都学得下去。

然而当周诣嘴里嚼着口香糖站在自习室门前时，有人从里面打开了门。

"把糖吐了再进。"陈铎看着他不停嚼动的嘴，淡淡地说道。

周诣烦了，问："不让嚼？"

"不让。"陈铎说。

"谁规定的。"

"我。"

旁边的男生闻到这股火药味，恨不得看到他们立刻打起来，反正看热闹不嫌事大。

和陈铎直直地对视着，周诣心里深深吸了一口气，反复默念

第一章 复读

"不要冲动"。

他回来复读之后一直在克制脾气,不犯浑也不随便跟人动手,不能让陈铎的两句话刺激得一下回到从前。

他撤回了目光,把嘴里的口香糖吐在陈铎的脚边,命令小弟似的冲他撂下一句"捡了",侧过身子进了自习室,挑了角落的座位,图个清静。

陈铎没有继续追究。周诣从口袋里掏出耳机戴上,翻开书本,静下心来开始写作业。

辍学三年之后再回归课堂,不是一件容易的事,周诣现在上课就像听人说梦话一样,不懂的时候是真不懂,觉得自己懂了的时候一做题又茫然。

他跟陈铎是同一届学生,本该上高三了,但他跟不上,只能从高二复读。这一年内,他不仅得学高二的课程,还得自己看网课,把高一的知识给补完。

周诣真觉得自己有可能猝死,甚至考虑过遗产怎么分配的问题。

他手头上的钱其实不多,那年去省会之后,他跟方际那帮兄弟都进了王恺他爸的健身公司打杂。这工作虽然不太正式,但到手的抽成和油水是真的多。

但周诣这三年确实一点儿钱都没攒下。他这种人没有攒钱的习惯,及时行乐才是他信奉的宗旨。

自习室人多,后排打闹的动静也挺大,周诣被吵得有点儿烦。

他本来就不会几道题,好不容易有思路,又被笑声打断了。

讲台上也没人看班管纪律,陈铎一直没回来。

周诣怀疑这些人是故意的——故意让学习的人学不下去,还故意排挤他这个弱小的复读生。

打下自习铃的时候,周诣没走,坐在座位上又整理了几道错题。等自习室的人都走光后,他往椅背上一靠,舒舒服服地伸了个懒腰。

学校给周诣安排了寝室,第二天入住,这晚他还是得回家睡。

自习铃响完,走廊的大喇叭又播了一首歌,用来给学生们放松大脑,周诣听过,是《夏天的风》。

不过大喇叭里播的并非原唱,是两个男生的翻唱版本,其中一个声音很动听,略带磁性,尾音却很温柔,而且吐字也清晰,和原唱风格很像,但又没原唱的音色那么干净。

周诣听着都犯困了。自习室里只有他在,这声音让他产生一种有个人在给自己唱歌的感觉。

歌放完了,他把椅子推回桌底,离开了自习室。

第二天他睁开眼的时候,已经八点半了。

周诣瞬间从床上弹起来,抓起衣服冲进厕所。他一边穿裤子一边漱口,胡乱往脸上泼了两把水,拽着书包跑下楼,接着往学校狂奔。

第一章 复读

半路上周诣突然撞见一个挺眼熟的人,那背影怎么看怎么像陈铎,走路还挺悠闲的。同样是迟到,人家就显得理直气壮。

陈铎好像听见了喘气声,回头一看是周诣,有些诧异地皱了皱眉。

周诣的臭脾气从不过夜,昨晚在自习室的那股怒火已经连小火苗都不剩了。但是跟陈铎这样互瞪,实在尴尬得要命,周诣只能干巴巴地开口说道:"早。"

陈铎沉默了两秒,用一种匪夷所思的眼神看着他:"八点半了,你家没表吗?"

周诣噎了一下,恨不得给自己两个耳刮子。这贱犯得真是猝不及防,他就不该跟陈铎搭话。

"当我没说。"

"嗯,当我没听见。"陈铎转过身去,继续慢悠悠地走路。

周诣在他身后跟了一会儿,简直服了他这裹脚老太太似的速度,一声不吭地迈开大步,从他身边超过还嫌不痛快,顺带回头竖了个中指。

十中这所学校近几年风气不佳,加上校方打击力度不够强,导致学校乱成了一锅粥。前几年家里有条件的女生都转学了,之后也几乎没有女孩子敢报十中,所以男女比例失衡得离谱儿,今年招生总人数里只有二十六个女生,无一例外地成了班里的"掌中宝"。

操场上太热，体育老师宣布解散后，周诣找了一片凉快的树荫躲太阳。

高一新生在站军姿，老学长们挤满主席台，偷看稀有的几个小学妹。

陈铎低着头说了一句："漂亮。"

"你的天灵盖上有眼睛？脑袋没抬就知道漂亮？"葛赵临被敷衍得恼了，把篮球往陈铎的身上砸去。

陈铎伸出胳膊把球拦截了，按了按后颈上几块酸痛的骨头，拍着球玩。

没过一会儿，葛赵临嬉皮笑脸起来："你看四班站排头的那个小学弟，脚腕子怎么这么细？"

陈铎仰起脸，面无表情地看着他，阳光有些刺眼，拍球的力道一下比一下重。

"周哥现在是真不如以前了，"葛赵临又偏头看着周诣说，"上初中那会儿他旁边全是人，围着他转悠，我想巴结人家都插不上话，再看看现在，啧。"

陈铎转头看了一眼周诣。他站在树荫底下，跟旁边一群说笑打闹的男生形成鲜明对比，显得格格不入。

然而"落魄"这个词更和周诣格格不入。陈铎不仅不觉得他可怜，还认为他是故意的。

他故意不融入集体，故意把自己抽离。

第一章 复读

有些人天生就适合独处，孤独比热闹更能让他们安心。

"他回来干什么？"陈铎问。

"不知道，反正我不觉得他是真想复读，应该是回来问他父母要钱吧，"葛赵临顿了一下，感叹道，"你们以前挺像的，学习好，还挺浑，作业都是在网吧写的那种'奇葩'。"

"不像，"陈铎淡然地说，"他是自己放弃了自己，我不是。"

下课后，体育老师拖堂整队。周诣赶到食堂的时候，饭都被抢没了。他从一堆剩菜里扒拉出一份土豆丝，照旧去最靠近角落的那张餐桌。

这张餐桌太偏，平常没人愿意坐。但现在桌边就坐着一个人，还好巧不巧就是周诣特别不想碰见的那一个人。

周诣沉着脸，绕到陈铎斜对面坐下，一眼也没看他。

早晨办的那件蠢事，周诣还没忘。他再主动跟陈铎打招呼，他就是二百五。

陈铎很淡定地抬头扫了周诣一眼，像是不认识周诣一样，自顾自地吃饭。桌上的手机一直在响，他也一直没接。

电话第四遍打过来的时候，陈铎才按下接听键，打开免提，把手机放在旁边，接着吃饭。

食堂的噪声本来就大，电话的声音也断断续续的，那头的人一直说个不停，显然是件急事。

陈铎这头"猪"就在那儿吃，也不理人。

周诣听见电话那边说着要钱之类的话，忍不住看了一眼陈铎，发现他脸色平静地坐在那儿，也不知道听进去没有。

不过就这一眼，又让周诣觉得陈铎肯定化妆了。

其实他第一次见到陈铎的时候，就觉得这人往脸上涂了粉。

尤其当陈铎和葛赵临站在一块儿时，那平常肤色看着还挺健康的葛赵临，在陈铎的"冷白皮"的对比下，显得像一个种地的糙老汉。

陈铎吃完饭，就把电话挂了。他端着盘子站起来刚要走，突然踉跄一下，盘子里的汤汁洒出来，溅到了桌面上。

周诣清楚地听到他倒吸了一口凉气，顺着视线往下，看到他破洞裤的膝盖处有一块白纱布。

陈铎的膝盖上有伤，怪不得早晨走得那么慢。

不过关我什么事？周诣在心里嗤笑了一声，继续埋头吃饭。他等会儿得去寝室把床铺收拾出来，今晚在学校睡。

陈铎离开食堂就去了操场。操场旁边有半堵被暴雨冲塌的墙，他双手抵住断墙截面，胳膊用力一撑，熟练又利索地翻了过去。

正大光明地从校门走需要学生证，陈铎是个标准的无证"黑户"，自从丢了校服之后，什么乱七八糟的证件也都跟着失踪了。

他兜里振动的手机就没停下来过，刚才被挂了电话的人不死心，

第一章 复读

一遍接着一遍地打。

陈铎把手机关机，在路边拦住一辆出租车，上车跟师傅说了一声："去市医院。"

到了住院部，陈铎径直去了二楼。

他推开门进屋，双人病房里透着死一般的沉寂，连呼吸声都没有的那种沉寂。

陈铎走到病床边，即使他的动作已经控制得很轻，病人还是睁开了眼。

马问山望着天花板，眼睛混浊。他的脸上有一道情绪失控后自己划伤的疤，嘴唇也干裂起皮，唇色是中毒一样的青紫，显然已经很久没进过水了。

陈铎找到杯子接了水，递到他的手边。

马问山像个迟暮的老人一样，动作迟钝地接过来，缓慢地移到嘴边，慢慢地喝水。

他们的关系说起来十分不好，陈铎每次和他独处时都沉默不语，没有半点儿和他说话的欲望，也不知道说什么好。

"马建……"马问山盯着陈铎受伤的膝盖问，"马建干的？"

"嗯，你爸。"

昨晚陈铎离开自习室，去网吧上班，在路上撞见了蹲点等自己的马建。

那人裸着上身坐在垃圾桶上，脚边躺着七八个啤酒瓶。

马建一见陈铎,抄起酒瓶就往地上扔,说陈铎要为马问山负责。

"你……钱别给他……"马问山被气得胸腔上下起伏,双手想握拳却使不上力。

马建没到四十岁就成了无业游民,平时在外面得来的钱,很少花在他亲儿子的心理康复上,最多只是抠抠搜搜地挤出几百块药费。他去找陈铎,纯粹是耍无赖,想看看能不能从陈铎那儿要到钱。

陈铎看着马问山淡淡地说:"我当然不会给。你躺在这儿是因为目睹人坠楼产生心理阴影,现在你们俩一个卧床不起,一个远走高飞,留下本就没有任何责任的我处理烂摊子,还不够吗?"

"我……"

"你什么你?叫你爸没钱也别来找我了。我不是菩萨,没闲工夫给你操心。"

陈铎说完耐心便已耗尽,没等马问山开口说话,直接转身出了病房。马问山呆滞地仰躺在床上,像一截被抽筋剥皮的枯木。

周诣在食堂吃完饭之后,便去了学校安排的寝室。他刚推门进去,屋里突然爆出一声咒骂。

车鸣誉浑身上下只穿了一条内裤,急忙把被子扯过来遮住身体,瞪着眼睛冲周诣吼:"知道'敲门'两个字怎么写吗?你当寝室是你家呀,进来不知道打声招呼?!"

这人跟个炮仗似的一点就着,没想到睡在他的上铺的老哥更暴

第一章 复读

躁,接着就吼了他一嗓子:"小点儿声!你再给我号这么大声,我下去收拾你!"

周诣定在原地两秒,很庆幸自己把到嘴边的"不好意思"憋回去了。他瞥了一眼车鸣誉,什么也没说。

寝室面积很窄,六人间有独卫。除了这两个男生之外,其他三个人都不在寝室。

上铺的暴躁老哥偷瞄了周诣一眼,嘴唇翕动,想开口跟他搭个话。

但周诣的面相看着非常凶,明显不好相处,于是暴躁老哥放弃,又戴上耳机打游戏了。

周诣个子太高,弯腰套被罩的时候很艰难,笨拙得像头熊。他活了十八年就没捣鼓过这玩意儿。

他刚把床单捋顺,寝室门就让人给一脚踹开了。

"太热了,热死我了。"

两个穿篮球背心的体育生,一边进寝室一边撩起衣服擦汗,看见周诣的时候就像看见空气,一声招呼都没打就进了厕所洗脸。

周诣表示自己很满意他们这个态度。

车鸣誉穿上裤子,想起一件事,抬头冲暴躁老哥说:"刘毅让你帮他找几个人,晚上去网吧蹲守陈铎。"

"我上哪儿给他找人去?我凭什么为了他得罪陈铎那大刺儿头?"老哥一听,更暴躁了,"他跟我打球耍阴招儿的时候,还知道我是他兄弟？打球打魔怔的浑蛋。"

洗完脸从厕所出来的一个体育生插了句嘴："我跟你说，车鸣誉，这事你要是敢帮刘毅，你就完了。"

车鸣誉阴阳怪气地说："我还就站刘毅那边呢，你能把我怎么样？"

另一个体育生突然大喊："让你跟陈铎住一屋，隔天早晨你就从楼上摔下去。"

车鸣誉笑着骂了一句，大声喊回去："我不站刘毅那边了，你们太狠了。"

寝室里的人除了周诣都在笑。

周诣看着他们笑得四仰八叉的，硬是没明白笑点在哪儿。他屈腿仰躺在床上，胳膊挡住眉眼，嫌吵似的闭上了眼睛。

刘畅的脖子上搭着毛巾，他从厕所出来，看见寝室的人都因为自己的话在笑，只有新来的那个凶巴巴的大高个儿男生没反应。

刘畅冲车鸣誉努了努嘴，让他去跟周诣搭话。

"哥，认识一下？"车鸣誉语气不善地冲周诣喊了一声。

"高二（9）班，周诣。"

"行，周诣，我说你长得有点儿着急，你看着可不像高二的学生，留没留过级？"

周诣给车鸣誉的第一印象就是凶。即使他什么也没干，就顶着那张棱角分明的脸，配上直逼一米九的身高往那儿一站，就给人强烈的压迫感。

第二印象就是稳,见识过挺多事的那种稳,周诣看着不像个高二的毛头小子。

但车鸣誉不想承认这些,于是就酸溜溜地说成周诣长得显老。

"没留级,辍学了。"

"你知道你上铺住的是谁不?"刘畅对周诣说,"咱们刚才说的那个,陈铎,就睡你上头,你离他远点儿,他挺暴躁的。"

周诣听完这话沉默了一会儿。他没把关注点放在"陈铎睡在你上铺",反倒因为最后一句话,想起了那段视频。

他调整了一下言辞,才开口问:"被……传出视频才这样的吗?"

"八成是,他在外头老跟人干仗,为了当上学校老大,能把自己最好的兄弟从楼上推下去。"刘畅说得语速飞快,"他跟着他兄弟报考十中,一来就跟条疯狗一样和马问山争学校一哥的地位,走火入魔了似的。他的兄弟好心相劝,他直接把人给推倒了。我一说这事就气得长口疮,陈铎真不是个东西,万幸人没事,不然他就该直接进监狱。"

一直沉默的暴躁老哥抿了抿嘴,开口说道:"行了,闭嘴吧,赶紧滚上床,小心一会儿查寝被扣分。"

刘畅冲他龇了一下牙,又嘀咕几句,躺回床上玩起了手机。

周诣也没再出声。

刘畅的那些话,在周诣心里可以用"关我什么事"五个字概括。

知返

他跟陈铎统共也没接触过几次，无非就是在网吧目睹陈铎劝吵架的小夫妻，然后差点儿买了陈铎喝过的水，后来在厕所碰巧看见陈铎，因为进自习室互骂了两句，早晨上学的时候碰见过一回，接着中午又在同一张餐桌边吃了顿饭而已。

这晚他们也不过在同一个寝室，睡上下铺而已。

周诣干巴巴地安慰完自己一通，更睡不着了。

他早发现自己跟陈铎待在一块儿，就容易情绪激动，心情起伏大得像坐过山车，前一秒尴尬到结巴，下一秒就恨不得给陈铎的门牙上抡一拳。

而且周诣有预感，自己跟陈铎肯定在某方面犯冲，他们早晚得干一架，把对方揍服气了才能友好相处。

第二章
冲突

下午放学没多久,周诣收到一条王恺发来的短信:"去找咱大哥叙叙旧吧。"

周诣诧异地挑了挑眉,打了电话过去,对方却一直在通话状态。

所谓的"大哥"叫邓荣琦,也是当年参与冲突的人之一。

那时候所有人都跟随王恺去了省会,唯独邓荣琦不乐意去,被孤零零地留在这儿。这三年他跟周诣的联系很少,只有逢年过节的时候说两句话。

周诣以前想不明白个中原因,前几天却突然懂了,不仅懂了,还体验了一下。

邓荣琦早就把自己从他们之中抽离出来了。

抽离的办法简单且粗暴,他只是再也不跟他们有任何来往,不去任何聚会,不主动出现在他们的视线之内,逐渐把自己的生活和他们分开，最后把大家变成可有可无的平淡之交的朋友，然后回归正常人的生活，去做更有意义的事，结交更高质量的朋友。

这些，其实也是周诣想做也正在做的事。

到达约定地点后，周诣远远便看见有个男人站在路边，邓荣琦这几年的变化肉眼可见，眉眼之间的戾气已经不见踪影，只是身高还是这么……

"你喝激素了？"邓荣琦仰视周诣，问，"你那个高度的氧气什么味，甜吗？"

周诣笑了笑："冷。"

邓荣琦又揉着酸疼的脖子问："多高了？"

"脱鞋一米八七。"

邓荣琦噎了一下。他塞两个增高鞋垫才滥竽充数到一米七九，身高这玩意儿是贯穿他一生的痛点。

"你回来怎么不跟我说？"邓荣琦拦下出租车，跟司机报了个餐馆的名字，又转头继续说，"王恺让我带你去跟人吃顿饭。韩昭你认识吧，就他，以后你要是捅娄子了，就找韩昭给你收拾。我帮不上什么忙了，家里管得严，连啤酒瓶盖都不让我舔。"

周诣让这话逗得乐了一下，头一回见自己兄弟愿意被家里管着，有点儿稀奇，不过仔细想想，邓荣琦其实一开始就跟他们不一样。

一场冲突过后，名声跌到谷底，人家既没自暴自弃地放飞自我，也没像马问山、韩昭这类人似的，一战出名之后就在本地当个一辈

第二章 冲突

子登不上台面，干不了任何像样的工作的地痞流氓，反而认清现实，果断远离领着自己往歪路上走的兄弟，跟狐朋狗友断绝联系，改过自新做个好人，活得坦荡而堂堂正正。

车在烧烤店前停下，邓荣琦揽住周诣的肩膀，嘱咐道："韩昭在呢，你进去跟他打个招呼，少说多吃就完事了。"

周诣无奈地笑了笑，说："知道了。"

邓荣琦一边带他往韩昭那桌走，一边小声跟他嘀咕："看见韩昭旁边那小子没？你有什么麻烦事去找他也行，有什么矛盾他会帮忙调解。"

周诣看过去，一眼就跟陈铎对上了视线。

"……"

周诣这回都惊讶不起来了，自己最近跟陈铎的偶遇频率高得离谱儿。

韩昭看见陈铎把视线放在周诣身上，随口问道："认识？"

陈铎淡然地说："认识，不熟。"

"吃完这顿就熟了。"韩昭冲已经坐到对面的邓荣琦点头，然后看了一眼周诣，递给他一瓶饮料，又看向邓荣琦："你什么意思？打算跟我绝交了？去年中秋节我给你发微信，你今年清明节回？"

"村里刚通网。"邓荣琦敷衍地说。

他一口气喝完半瓶啤酒，抹干净嘴，抓起一大把烤串给周诣。

周诣接过烤串说了声"谢谢"，明白他这是在提醒自己，能闭上嘴可劲儿吃了。

韩昭跟邓荣琦闲聊了几句，邓荣琦对这几年故意疏远的事一直在打马虎眼，韩昭碰了一鼻子灰，便把话题转到了一直埋头吃东西的陈铎和周诣身上，问："你们是在一个学校吧？"

陈铎和周诣同时"嗯"了一声。

"这闷劲儿看着像一个娘胎里出来的。"邓荣琦让他们这反应给逗乐了，笑道，"咱们这群人里头，就你们学习最牛，再看看韩昭，看着他我就来气，五年级小学课本都没摸过，《三字经》只能背到'苟不教'，中间还得卡两次壳。"

"胡说。"韩昭笑着骂了一句。

他转头，想跟陈铎说两句话，却看见陈铎俯着身子，在用拳头捶按后颈的几块骨头。

韩昭顿时收敛了笑容，伸手摸到陈铎的脖子上，一边帮他揉一边低声说："你们都在十中就互相照应着点儿，有事就帮扶一把。你得保证让他离乱七八糟的事远点儿。周诣这次回来要参加高考拿文凭，你跟葛赵临有事就别麻烦他了。"

"成。"陈铎低着头应声。

周诣看他答应得这么爽快，有点儿无语，心里说：大哥，你还不知道我们已经互相照应到睡上下铺了吧？

"行了，陈铎，快八点半了，你跟周诣一块儿回学校去吧。"邓荣琦催促完，递给陈铎一塑料袋烤串，打暗号似的说，"懂？"

第二章 冲突

"懂。"陈铎将烤串接到手里,站起来低头看着周诣,说:"走了。"

"嗯。"

周诣拿纸擦了擦嘴,起身跟着陈铎离开,然而刚掀开门帘走出来,风一吹,就感觉到了他跟陈铎之间瞬间飙升的尴尬气息。

两个人就像两个哑巴一样站在路边,谁也不搭理谁。

刚才有韩昭和邓荣琦聊天带气氛,周诣没觉得有半点儿不自在,现在轮到他跟陈铎独处,吸进鼻子的空气里都有一股尴尬的酸味。

"打车,还是走路?"陈铎大概受不了快要冻僵的气氛,率先开口打破沉默。

"走回去吧,当饭后散步了。"周诣说。

陈铎"哦"了一声,转身走在前面。周诣双手插在口袋里,不急不慢地跟在他身后。两个人中间始终保持着两米的距离。

周诣一边吹风一边走着,发现从后面看陈铎还挺养眼的。

他之前一直觉得陈铎的脸白得像化了妆,现在才发现,陈铎的后颈比脸还要白一个度。

陈铎高高瘦瘦的身材,肩宽腿直,露出的一截脚腕也是冷白色。

这背影是真的很好看,周诣心里有点儿忌妒,但还是得承认。

陈铎在前面走着,感觉他们这样一前一后散步有种说不出的别扭感,便默默地把步子放慢了些,等周诣跟上来。

两个人从烧烤店一路走到网吧,硬是没跟对方说一句话,就这么执着地进行了一场哑巴比赛。

陈铎进网吧走到前台边,把装着烤串的塑料袋递给老板,挑事似的说了一句:"邓哥吃剩下的。"

"滚,我不吃剩饭。"老板冷冰冰地瞪了他一眼,又问,"他喝酒了没?"

陈铎撒起谎来老脸不红,大气不喘,平静地说:"没喝,就舔了舔瓶盖。"

周诣诧异地看着老板,愣是不敢相信世界这么小。

"你们男的说谎的时候都一个熊样。"老板骂完,低头继续忙手上的活儿。

陈铎也不自讨没趣,扫视网吧一圈,看见葛赵临在老位置上打单子,手指头跟抽筋了似的,店里就数他敲键盘的声音最大。

陈铎转头冲周诣说:"你看网课就上二楼,人少,不吵。"

"用不着,就一楼吧。我学习不怕吵,再吵也赶不上昨晚那个自习室。"

周诣这话里带着刺,陈铎听出来了,无非就是嫌自己昨晚没看班,害得他"周大学霸"学不下去。

陈铎也不客气,直接刺了回去:"嘴够欠的,长没长口疮?"

葛赵临像观赏泼妇对骂似的,跷着二郎腿看他们针锋相对,又打断他们说:"周哥,来跟我开把排位不?"

周诣掐算了一下时间:"没空,下回吧。"

第二章 冲突

"行嘞。"

陈铎没时间再跟周诣打嘴仗,回前台上班了。

周诣坐在角落的一个位置,环境足够安静,但他的注意力没集中起来,心里一直在想别的事——一件让他越来越头痛,却不得不面对的事。

刘畅跟周诣说,寝室里的人只在宿舍午休,晚上都不住在宿舍。

原因周诣都懂,他们无非就是害怕陈铎真的对他们动手。

周诣倒不在意这些有的没的,也对关于陈铎的那些流言蜚语没有任何想法,就是单纯感觉和他八字不合,相处不来。

离开网吧前,周诣去前台买了一瓶水,陈铎坐在那儿,嘴里叼着根棒棒糖。

周诣说道:"走,回寝室睡觉。"

陈铎没理他,掐了掐酸痛的后颈,懒懒地搅动了一下嘴里的糖。

周诣看着陈铎这张冷淡的脸,心里突然蹦出个想法:把寝室的事说了吧,就现在。

他从桌上拿起一瓶水,递钱的时候忍不住嘴欠地问:"这水你没喝过吧?"

"没喝,"陈铎两指把糖一夹,扔进垃圾桶,话中带刺,"就往里面吐了口水而已。"

"说实话,你是真欠揍。"周诣把水重重地放回桌上,冲他伸出手,说,"还钱。"

陈铎拉开钱柜，挑出几张用透明胶粘起来的、破破烂烂的纸币，放在周诣摊开的手心里，完事还平静地说了一声："别谢。"

周诣感觉一股火直冲脑门，咬着牙，语速很快地对陈铎说："说个事，你听着。"

"嗯。"

"咱们今晚住一间屋。"

陈铎瞬间就定在椅子上不动了，跟被雷劈了似的。周诣看着特别解气，又补充道："我就睡在你的下铺。"

"闭嘴吧，"陈铎打断他的话，"让我睡不安稳。"

"学校安排的，不关我的事。"周诣耸了耸肩，"我无所谓。你要是不乐意，就去教导处打我的小报告，说我睡觉不老实什么的都行，把咱们调开。"

陈铎听见他那句"我无所谓"，抿了抿嘴，显得很犹豫，但开口说话的时候没有任何停顿和不自然的样子："刘畅他们没跟你说点儿什么吗？"

"说了，"周诣明白他指的是什么，"说了一中午，我都知道了。"

陈铎诧异地挑了一下眉："知道还无所谓，你的胆挺肥呀。"

"你那一堆事迹也挺'光辉'的。"周诣嗤笑道，"我见过比你犯事还多的人，你这算不了什么，我就是觉得咱们的脾气都挺冲的，住在一个屋里头，我们八成得天天掐架。"

"那我没什么不乐意的。"陈铎随意地说。

第二章　冲突

周诣"哦"了一声，没再说别的话。他走出网吧没五秒，又折回来指着陈铎说："回寝室的时候动静小点儿，我起床气大，吵醒我你试试。"

陈铎冲他摆了摆手，敷衍地说："行。"

学校刚下晚自习，男宿舍楼里一群大老爷们儿光着膀子，比谁腿毛长似的都换上了大裤衩，趿着拖鞋四处串门。

周诣快到寝室的时候，正好有个男生拎着脸盆急匆匆地出来，差点儿就磕到他的下巴上。

"你怎么这么高？"男生瞪着周诣，突然像是想到什么事似的激动起来，"你是不是中午刚搬进来那个？"

周诣"啊"了一声，点了点头。

"我听车鸣誉说，他那屋来了个复读生，看着特别不好惹，就是你？"

男生意味不明地笑了笑，看周诣的眼神仿佛在估测他们谁战斗力更强，这将决定自己是对周诣客气点儿，还是直接给他一肘子来个下马威。

"嗯。"周诣听见这欠扁的语气，把这人那点儿小心思猜得明明白白的。他都懒得跟这种心里没数的小喽啰寒暄，说了一声"借过"，就从旁边绕了过去。

"哎！你什么毛病？"男生挑衅似的冲周诣大喊大叫，"没人跟你说那寝室晚上就陈铎一个人吗？他之前把人从楼上推下去过，你还敢跟他待在一个屋里睡觉，你可真是个壮士啊！"

走廊的寝室都敞着门，其他屋里的人仿佛听到了什么不得了的事，兴冲冲地跑出来围观。

男生对人们的这种反应很满意，吸引到别人的注意力的快感让他心里涌上一股豪气，于是又冲周诣喊了一声："兄弟，你是不是吓傻了？哥哥训你话呢，给点儿反应！"

周诣让他给喊烦了，回头吼了一嗓子："有完没完了？你再冲我嚷嚷一句，今晚从楼上摔下去的人就是你！有多远滚多远！"

男生被周诣这突如其来的怒火吓了一大跳，大腿抖了抖。他张开嘴想骂回去，却又噎住了。他顿时被自己这股尿劲儿气得脸红脖子粗，但就是没那骂回去的胆。

他害怕真把周诣惹毛了。

四周看戏的男生疯狂起哄，接二连三地高喊，催促他们赶紧打起来。

在十中这所几乎没有女生的学校里，打架和看别人打架这两件事，一直是这些男青年用来解决雄性激素过盛的方式。

男生为了给自己挽回最后一点儿尊严，把塑料脸盆往地上砸去，脸盆"哐当"一声弹出去老远。

他用这个动作证明了"我也是有脾气的"之后，气冲冲地走回寝室，"砰"的一声把门关上了。

第二章 冲突

周诣也回了寝室关上门,把自己和外面这群"妖魔鬼怪"隔绝。他走到床边坐下脱鞋,发现床底下有个小槌子。

他小时候见过这种槌子,他奶奶经常用这玩意儿敲大腿,说是能保健。没想到寝室这群糙汉里还有人跟他奶奶似的,喜欢养生。

床底下还有学校统一发的脸盆。周诣抱着脸盆走进厕所,洗脸刷牙后上床睡觉。

寝室的风扇只出噪声不出风,他闭上眼在床上躺了一会儿,还没睡着,身上就热出了一层汗。

短袖黏糊糊的一个劲儿地往皮肤上贴,毛孔都被堵得快不能呼吸了,周诣忍了再忍,不管有的没的,直接脱了衣服,倒头接着睡。

他第二次睁开眼睛的时候,就不是被热醒了,是被一阵噪声吵醒的。

陈铎的手还放在门把手上,寝室里没开灯,他隐约看到有个人影突然从床上直起身子,还以为自己把周诣吵醒了,于是无奈地说:"我开门声够小的了。"

周诣愣了足足十秒才回过神。

"啊。"周诣挺尴尬地应了一声。

接着,他就发现了一件很无语的事。寝室太热了,所以他没穿衣服,浑身上下脱到就穿了一条大花裤衩。

"我开灯了?"陈铎用了询问的语气,但其实根本没打算征求周诣的意见,纯粹是随口告诉他一声而已。

反正周诣已经醒了，开灯也没什么大不了的。

周诣到嘴边的"先别"还没来得及说出口，寝室的灯就亮了。

两个人面面相觑，陈铎又立刻"啪"的一声把灯关上了。

寝室里一片寂静，两个人都没再发出一点儿声音。

周诣现在的脸色差极了。

从灯亮到灯灭的过程连一点五秒都不到，他不知道自己是该感谢陈铎的反应速度和手速真争气，还是该担心陈铎看没看见他的大花裤衩。

"没事。"陈铎承受尴尬的能力起码甩周诣十条街，很自然地换了个话题，"你睡觉也太浅了吧。"

周诣叹了一口气，一边穿衣服一边说："我是让你那动静给吵醒了。"

陈铎"哦"了一声，摸黑走进厕所，开灯之后看了看洗手台，发现自己的东西不见了。他又去翻窗台和储物柜，但都没找到。

陈铎有点儿烦躁地皱起眉，嚷嚷道："槌子呢？"

"这儿呢，"周诣朝厕所喊了一声，"有人给你放床底了。"

他听见陈铎的声音里压着火，用词就委婉了一些，把"扔"这个火药味满满的字改成了"放"。

陈铎从厕所出来，知道周诣已经把衣服穿好，就没再询问，打开了灯。他走到床边蹲下往里瞅，看见了自己的那个木槌子。

床底下全是灰尘，槌子被人扔进去的时候打了好几个滚，表面沾着一层灰蒙蒙的土。

"刘畅干的吧?"陈铎的话说得很笃定。他将胳膊伸到床底下拿出槌子,走进厕所,一边冲洗,一边面无表情地说,"嘴欠就算了,手也开始犯贱,明儿就收拾他一顿。"

周诣忍不住笑了笑,问:"你这个年纪就开始养生了?"

"不是养生,"陈铎拿着小槌子走到床边,"是缓解颈椎疼用的。手要是揉酸了,就用这玩意儿敲。"

周诣看了看陈铎的后颈。他"啧"了一声,问:"这又是哪件光辉事迹?"

陈铎愣了一下没听明白,反应过来之后难得笑了笑,说:"初三那会儿跟你抢全市第一名,刷题刷的。"

"敢情还是被我逼出来的呗。"周诣嗤笑道。

他又不是没试过整天低着头做题是什么感觉,再怎么严重也不可能严重成陈铎这样。这理由编得太牵强,陈铎摆明了就是不想告诉他真实原因。

"嗯,谢谢你当时放弃了。"陈铎脚踩扶梯爬上床,平静地说,"不过就算你没辍学,你也考不过我。"

"理由?"周诣听着觉得很好笑,不知道陈铎哪儿来的自信。那年自己要是参加中考了,全市第一名还真不一定是陈铎。

陈铎在上铺垂着眼睛,俯视着看了他一眼,淡淡地说:"你太菜了。"

"什么？"周诣猛地抬起头跟他对视上，没好气地说，"下来打一架？"

陈铎没接话，往床上一躺，转过身对着墙说了一句："睡吧。"

周诣没再出声。他估计陈铎上夜班太累，没耐性再跟自己打嘴仗了。

宿舍安静了下来，周诣侧躺在床上睡不着，回想起今天跟邓荣琦闲聊时听到的话。

邓荣琦说陈铎其实很不容易，他家里人不怎么管他，很多事情都要靠他自己。

周诣不清楚陈铎的家庭条件，但陈铎缺钱这事一眼就能看出来。

学校跟陈铎同龄的男生，成天不是招惹小学妹，就是在寝室里抠着脚打游戏，每月有父母往饭卡里打钱，没几个愿意出去打工养活自己的。

再看看陈铎，光晚上看网吧都满足不了他。

周诣都怀疑他是不是背地欠了一屁股债，才成年就天天忙着搞钱。

第二天早晨，周诣先醒了，照旧去食堂最角落那张桌子，屁股一落座，手机就响了。

周诣看了一眼来电显示，清了清嗓子，接起电话："喂？"

"爸后天过生日，你不要回家，"周岐开门见山，用词直白，"有

第二章 冲突

亲戚会来，你出现不合适。"

"知道了。"周诣没什么情绪，家里人嫌自己给他们丢脸也不是一天两天了。

周岐接着说："我整理了十中附近的学生兼职，如果手头紧，你直接说，我给你应聘地址。"

"我的存折里还有点儿钱，够缴学费，"周诣顿了一下，平静地说，"谢了，姐。"

忙音"嘟嘟"响起，周岐挂了电话。

周诣看着黑掉的手机屏，心绪五味杂陈。

这是他第二次被全家人拒之门外，离第一次已经过去三年了。

他记得自己第一次是怎么被赶出来的：他爸拿着鞋堵在门口，说要是他敢往回走一步，就把他当场拍死在地上。

那阵子家里乱翻了天，他爸经营了大半辈子的陶瓷厂被政府查封。

一沓厚实的罚款单让周父赔得几近破产，周诣那会儿还闹厌学，整个家的气氛压抑得让人喘不过气。

最后也就周岐给家里争了一口气。

在周诣被技校开除后的第四天，周岐不负众望地被国外名校录取了。

其实最让周诣心里不是滋味的，倒不是时间过得有多快，而是时间真的过去了之后，他仍然停在原地。

没有半点儿长进和改变，他就那样站在原地一动不动，看着朋友亲人们从自己身边擦肩而过。

有人一直前进，去见识了更远、更好的风景；有人却倒退，甚至退回了自己身后。

但无论别人向哪个方向行进，终归都是有变化的，而当周诣自觉已经走了很长一段路，经历了很多事之后，突然发现，其实自己只是在原地踏步。

周诣中午没回寝室，在教室里抄完错题，把"宝贝三件套"揣进兜里，去了楼梯拐角处。

这里直通楼顶天台，来往的学生不多。

周诣坐在楼梯台阶上出了会儿神，戴上蓝牙耳机，随机给自己播放了一首歌。

旁边一扇铁锈斑斑的门被人打开了，是陈铎。

"在这儿你管不了我吧？"周诣冲他指了指自己的耳朵上戴着的耳机，表情有点儿欠揍。

"这儿不归我管，"陈铎说，"你最好坐老实点儿，再往上挪六级楼梯，你就入镜了。"

周诣愣了一下，回头往上一看，亮着红点的摄像头正直勾勾地盯着他的后脑勺儿。

"别怂，接着横，当着它的面跟我横。"陈铎难得见他犯一回怂，忍不住嘲笑了一句。

"你是不是站在台上太寂寞了,想拉我陪你?"周诣说。

"什么?"陈铎没明白他说的是哪门子话。

"我天天看你上主席台念检讨,"周诣斜眼瞅他,"都快看吐了。"

学校每天早晨都升国旗,教导主任常富康咧着大嘴唱完国歌,接着就一脸菜色地念通报批评。

一共开学四天,陈铎哪天都没落下,一天上主席台表演一次,念的还是同一份检讨书。

"我也快念吐了。"

陈铎心想,他都能背下来了,但又觉得那样会把常富康气哭。

周诣往他身后那扇敞开的门里看了一眼,问:"你后边是天台?"

"嗯,"陈铎说,"平常人挺多的,这会儿没人,进去看看?"

周诣点了点头,跟他走了进去。

天台挺宽敞,摆的杂物也不多,三张废弃的课桌,桌面上都是灰。

周诣说:"哟,这片地让大哥你给承包了?"

"让葛赵临给承包了,"陈铎面无表情地说,"午休和晚自习没人来,是他思考人生的专属时间。"

周诣笑了笑,说:"我以为只有初中小孩儿喜欢搞这种'哥的忧郁有谁懂'的氛围呢。"

"高中大孩儿也喜欢,"陈铎揉了揉颈椎骨,"是个人都喜欢没事思考思考人生。"

见周诣不知道接什么话好，陈铎于是挽了话题："你昨晚跟人吵起来了？"

"算不上吵，是我单方面教育他。"

"你要是嫌他们烦，耽误你休息，"陈铎说，"我给你提个不太靠谱儿的建议，听听？"

周诣"嗯"了一声。

"在学校挑个出名点儿的男生教训一顿，"陈铎顿了一下，补充道，"前提是他找你碴儿。"

"你果然不靠谱儿。"周诣笑了笑。

"但这是你当下唯一能解决问题的办法。"陈铎低声说道。

他说这话的时候声音很轻，但周诣听到了，不知为何，周诣觉得陈铎此刻的情绪和平常有点儿不一样，总感觉他那句话的背后藏着些什么别的东西，但又说不上来具体是什么，可能是因为周诣本来就对陈铎了解得不多。

不过周诣一直认为，陈铎应该是个不怎么喜欢吐露心事的人，甚至有时候觉得陈铎淡然得有点儿可怕，脸上几乎很少露出情绪。

两个人都不吭声，气氛就显得有些尴尬，尴尬到让周诣有种他们又站在了那次烧烤店路边的错觉。

就在这时，天台上的大喇叭蓦地响了。先是几秒电流声响起，然后很生硬地衔接了一首《夏天的风》。

第二章 冲突

周诣离大喇叭实在是太近了,被震得发蒙,赶紧朝远点儿的地方跑了几步,又突然停住。

大喇叭里的声音怎么听着这么耳熟?

他把视线转向陈铎,不确定地试探:"翻唱这人的声音有点儿好听?"

"嗯,好听,"陈铎很直接地点了点头,"我唱的。"

周诣看着陈铎,有些吃惊。

他之前夸过这首歌里有一个声音听着很动听,有种特别清亮温柔的少年气,但可能因为陈铎变声,现在声音变了不少,听着没那么纯净了。

"高一刚入学的时候唱的,"陈铎仿佛知道他在想什么似的,"跟一个'学神'一起唱的。"

"有多神?"周诣头一回听见他用"神"这个字形容人,忍不住好奇了一下。

"现在他已经不在十中了,搞物理竞赛的,被保送走了。"陈铎说。

周诣莫名其妙地从他那平静的语气里听出一股艳羡之意,说:"你这三年要是老实念书,靠着初中那点儿稍微不如我的学习天赋,怎么说也能考个重点大学吧?"

陈铎这样的人,周诣见过不少。起点太高,摔下来就非常惨不忍睹,他自己也是个新鲜热乎的例子。

"嗯，不过现在也就这样了，"陈铎自言自语似的喃喃，"没什么不好的，就这样吧。"

下午课间，周诣被传唤到教导处。他喊一声"报告"进去，对着教导主任常富康鞠了半个躬。

"哎！好，好了。"常富康受宠若惊地说，"这几天怎么样？学习这块没什么问题吧？"

"没问题，"周诣顿了顿，说道，"有事您直说吧。"

常富康愣了一下，讪笑着说："你这小孩儿还真是……那我不跟你绕弯了，我就想让你帮我个忙。"

"不了，"周诣打断他的话，"如果是让我拉着某位舍友学习的话，不了。"

常富康"哎哟"一声，顿时发窘，叹气道："你初三那年要是跟现在似的会看事，还用得着回来复读吗？"

"我初三也挺会看的呀，"周诣理不直气也壮，"就是看走神了而已。"

"你是怎么想的？跟我说说，为什么不乐意拉陈铎一把？"常富康正色地说。

"他要是想学，用得着我拉吗？"周诣的语气有点儿硬，"您教了几十年的书，见过哪个学生是被别人逼着去参加高考的吗？"

周诣知道自己被分到陈铎的下铺的时候，就猜到了这可能是常

第二章　冲突

富康在给陈铎铺路。

常富康大概认为他们初中时的成绩不相上下,这几年的经历也差不多,就想让已经迷途知返的周诣顺带捎上陈铎一块儿。

"都这个节骨眼儿了还不逼他一把,他这辈子就真没机会了。"常富康有些忧心地说。

"没必要逼他,当老师的都挺喜欢用这个办法,是吧?但是站在学生的角度来说,"周诣顿了一下,才接着说,"尤其站在陈铎的角度来说,会觉得你很烦,不仅想要干扰他的生活,还想替他决定人生的那种烦。

"您要是非得操这闲心,不如先搞清楚,陈铎到底是自己不想学,还是有些事逼得他想学都学不了。"

周诣说完,自己都愣了愣。这话没过大脑就自然而然地说出来了,其实他压根儿不知道陈铎到底有没有事。

周诣纯粹是凭感觉和一股越说越上头的兴奋劲儿,才从嘴里蹦出这么一句不着调的话。

常富康又叹了一口气,说:"算了,陈铎在外头少跟人起冲突,我就能睡个好觉了,还真指望不了他别的事。没你的事了,你回教室吧。"

放学后,周诣拎着书包去一号自习室占座。

一号自习室里都是乖乖学习的祖国花朵,没人看班,也没陈铎管这管那,周诣很满意这样的氛围。

周诣连着学了三节晚自习,其间就上了一回厕所。为了争分夺秒地补课,他连水都不敢喝,怕自己老上厕所耽误时间。

下自习铃响了,学生陆续离开自习室,最后关灯锁门的人是周诣。他回到寝室,草草洗漱完就睡了,困得连眼皮都抬不起来。

三更半夜的时候,他迷迷糊糊地听到些什么动静,以为是陈铎回来了,就没多想,结果那动静持续了两分钟还没消失。

他听着像有什么东西在敲床板,每敲一下就"咚"的一声,动作很慢,但很有规律。

周诣一下子就醒了,瞬间睁开眼,一股酥麻的电流直冲后背,让他忍不住打了个冷战。

这动静太吓人了,像是有鬼在敲墙,又像有什么诡异的生物趴在上铺上凿洞。

周诣瞬间想象出一幅能把他吓尿床的画面。

"陈铎!"周诣一脚踹在床板上,嗓门大得像天台上的大喇叭,"你在上边吗?陈铎!"

陈铎本来睡得好好的,突然就被踹得连人带板往上弹了一下。周诣那一脚的威力差点儿让床板断裂。

陈铎一睁开眼,就听见这声黑熊咆哮,起床气一下就涌上来了,于是压着嗓子低吼:"滚!你什么毛病,这么冲!"

周诣也来了脾气,说:"滚下来挨打。"

第二章　冲突

陈铎二话没说，两只手抓住床边护栏，直接借着惊人的腕力从上铺翻了下来，旁边的爬梯宛如摆设。他身子腾空，然后松开抓着护栏的手，"砰"的一声双脚落地。

"来。"陈铎说。

周诣一把抓住陈铎的衣领，扬起拳头就往他的眼睛上打："你吼什么吼？！"

陈铎迅速偏头躲开，拳头擦过太阳穴。

"大半夜踹老子的床板？"陈铎还给他的肋条一拳，"有病？癫痫发作？"

"谁有病心里没点儿数！三更半夜你敲木鱼？！"周诣松开他的衣领。

陈铎也停下手，整理了一下自己的衣服，声音里压着火："你说什么？"

周诣愣了愣，刚才那股惊悚的感觉从尾椎一路爬了上来。该不会真有个女鬼趴在上头吧？

他有点儿不敢回头看床铺，说："陈铎，抬头，看看你床上有东西没。"

陈铎仰起脖子，往上铺扫视一眼，慢悠悠地说："有。"

"是不是有个女的……"周诣吓得嘴都秃噜了，"呕……女鬼。"

陈铎匪夷所思地看着周诣。

"让你失望了，没有女的，只有床单和枕头。"接着他又补了一句,"还有治我那神奇颈椎的槌。"

周诣偷偷呼出一口气,现在才迟钝地意识到自己这一串行为有多丢脸。一米八九的大老爷们儿能纯靠想象力把自己吓成这个尿样,说出去简直太丢人了。

"你是不是梦游?"周诣脸色发窘,看了陈铎一眼,问,"你用槌子敲床板的时候没意识吗?"

陈铎回想了一会儿,说:"我有意识的时候,就是被你踹飞上去那一秒。"

周诣叹了一口气:"算了,揍你一顿就当作晨练。"

陈铎刚从上铺拿到槌子,一听他这话,压下去的火又有点儿往上蹿,没好气地说道:"我真想一槌子砸烂你这张嘴。"

"来。"周诣全然不怕。

陈铎寒着脸说:"以后再给你提建议,我就把槌子吞了。"

他中午在天台提的那个建议,是让周诣在学校里找个脾气比名气还大的男生教训一下,等一架出名之后,就没人再敢挑衅周诣了。

周诣嘴里骂他不靠谱儿,晚上回来就踹他的床板。

现在架也打了,动静闹这么大也肯定让人知道了,陈铎顿时觉得周诣就是个背着王八壳的白眼儿狼。

"嗯,其实我当时就觉得你挺合适的,但是没好意思说。"周诣很欠地说了一句。

在学校里挺出名且找他碴儿的人,说的可不就是陈铎吗?

第二章 冲突

"我以前听说你脾气特别臭,话也少,不爱搭理人,"陈铎爬回上铺,靠在墙上说,"你不说话的时候,都是偷着在心里骂吧?"

葛赵临跟陈铎说过一回周诣的坏话,说那帮混技校的人里,就数周诣以前最不是个东西,小时候朝他亲爹的脑门打弹弓,长大了别人敢欺负他,他就拿啤酒瓶砸别人,就是腿上打了石膏也要蹭别人的摩托飙车,脾气相当暴躁。

但是葛赵临挺喜欢周诣的,说自己特乐意看实验中学的颁奖典礼。

校长前一秒破口大骂周诣没教养不知好歹,下一秒就铁青着脸给周诣发"学习标兵"奖状,然后还得笑着对周诣说:"好孩子,真棒,你是实验中学的骄傲。"

从认识周诣到现在,陈铎只感受到了他一流的嘴欠功力,今晚这一出让陈铎发现他不仅嘴欠,还有点儿虎。

两个人半夜闹出这么大动静,第二天就被人四处传了。

葛赵临胳膊搭在天台护栏上,转过头说:"我问你个事。"

"说。"陈铎低头揉了揉后颈椎。

"你昨晚在寝室跟周哥干架了?"

陈铎皱了皱眉:"谁传的?"

"忘了,早晨四点多钟有人在群里说你们干架了。"葛赵临说,"我在群里乍一听录音,还以为你们在寝室放炮仗呢,'噼里啪啦'

055

的，吓人。"

"传开了就行。"陈铎说。

他挨的周诣那一脚猛踹，还算有那么点儿意义，至少周诣不用去得罪别人了，直接就近跟他结了梁子。这样以后算账也方便，他翻下去就能开打。

"这还能传不开吗？周哥一打就打了陈铎，门卫大爷都知道了。"葛赵临又"咯咯"笑起来，说，"你知道他们是怎么传的不？"

"怎么？"

"说你挨揍了，让周哥打得躲床底下不敢出来，笑死我了。"葛赵临绷不住了，仰着头一阵狂笑。

陈铎："……"

葛赵临笑到一半打了个嗝才停住，叹了一口气，换话题说道："刘毅找着人了。你放学了就去南山，我提前在那儿蹲着。"

南山是一片空地，离十中不远。

陈铎"哦"了一声，拿出手机给老板发短信，告诉她自己晚上有事，把工资扣了就行。

周诣放学去网吧的时候，碰巧遇上了车鸣誉。车鸣誉骑着一辆二手"小电驴"，车把上挂着满满一塑料袋的烤串。

周诣以为车鸣誉会假装没看见自己，没想到车鸣誉突然刹了车，问："周哥，吃串不？"说着他瞟了瞟烤串，示意周诣去看。

第二章　冲突

"谢了，不用。"周诣不知道他献的是哪门子殷勤。前两天这人还冲自己大吼大叫，这天就亲切到喊"周哥"了。

"行吧。那什么，你把陈铎给揍了？"车鸣誉的语气里有股压不住的兴奋，"早该收拾他了！就是没人出头，才让这条疯狗狂得跟哮天犬似的。你太牛了，哥，你这一架打得比刘畅放屁还响亮，你以后就是我大哥！"

周诣愣了一下。他跟陈铎明明是猛男互殴，谁也没捞着好处，怎么传出去倒变成他占上风了？

"谁跟你这么说的？"

车鸣誉喜滋滋地说："学校那个门卫大爷。"

周诣"哦"了一声，没兴趣继续跟他聊下去了，敷衍几句话把他打发走，进了网吧。

南山里有座陵园，陵园旁边就是那一大片空地。

葛赵临蹲在地上打电话，脸色特别臭，声音也压得很低。

"我真是服了，我就没见过你这种'奇葩'，打球玩阴的就算了，打个架也耍阴招儿，你家是不是住阴沟里？"

陈铎在他身后停住脚，听这语气就知道八成要出事，问了一声："怎么了？"

"刘毅，这小子没按规矩来，"葛赵临看见陈铎站在自己身后，脸色缓和一些，说，"他一听咱们没叫人，又找了一群人给他撑场子。"

陈铎皱了皱眉。

他刚想说话,身后响起一阵不小的脚步声,刘毅带头走在最前面,后边跟着乌泱泱一群人。

一共十二个人,陈铎数了数。

葛赵临一看这架势,火气"噌"地冒了上来,冲刘毅竖了个中指:"我发现你活得是真囊。"

刘毅身后突然有个人笑出了声,就好像葛赵临这话把他的想法说出来了一样。场面顿时更尴尬了,他立刻捂住嘴,不敢再破坏气氛了。

刘毅没接葛赵临的话,也没生身后那人的气,仗着人多势众,姿态傲慢地对着陈铎问了一句:"说吧,想怎么解决?"

陈铎脸上一点儿表情都没有:"随你。"

刘毅伸出了两根手指:"两个解决办法,二选一。葛赵临当众给我道歉,我在旁边录视频;或者你们一人挨我一拳,别还手。"

"后者。"陈铎立刻给出答复。

"我也选后者,"葛赵临实诚地点了点头,"我觉得你不配接受我的道歉。"

他和陈铎擅长调解争端,经验比刘毅身后这群人加起来还多,撑场的这些人是什么德行,他们一眼就看出来了,不过能不起冲突就尽量和平解决,事情闹到这个份儿上,挨刘毅一拳总比演变成打群架强。

刘毅"啧"了一声，抬脚走向葛赵临，眼神却落在陈铎身上："陈铎，问你件事。"

陈铎看着他，没说话。

"你是怎么巴结上韩昭的？"刘毅站定在葛赵临面前，"靠这小子给你牵线吗？"

"对。"陈铎说。

"哦，"刘毅突然挤出一个阴阳怪气的笑容，"靠葛赵临走后门儿啊。"

"给你那张嘴积点儿德吧！"葛赵临怒吼了一声。

他话音刚落，腰上就结结实实地挨了一拳。

"啊——！"

葛赵临捂着肋骨，弯下腰去。刘毅甩了甩手，一边冷笑，一边走向陈铎。他个头儿没有陈铎高，但身后撑场的人多，气势不输分毫，连吐字都比平时更铿锵有力："韩昭真是什么朋友都交，知道你有暴力倾向，还跟你称兄道弟。"

陈铎被他直勾勾地盯着看，眉头微皱："能别废话了吗？"

"废话？"刘毅抬高音量，"我今天就是要当着这么多人的面骂你一顿，你能把我怎样？"

"你要是还手，咱们就打，反正你这辈子也就烂在这儿了。"

陈铎握紧拳头，闭上眼睛，掩盖骤然阴鸷下来的眼神。

知返

葛赵临在一旁骂骂咧咧地叫嚷,撑场的"小混混"们看热闹不嫌事大。刘毅的拳头挥过来时,陈铎仍没有睁开眼,但他听见刘毅说:"今天就算你走运,以后再插手老子的事,你试试。"

第三章
失控

医院的病房里,护士给葛赵临脱上衣,不小心碰了一下他的腰,他立刻疼得"嗷嗷"号叫,一拳打在陈铎的肩膀上。

陈铎闷哼一声,咬牙忍住。

"这调解的什么破事?"葛赵临额头上挂着汗,还笑得出来,"太疼了,真的,太疼了。"

上周他跟陈铎帮人在厕所里给刘毅传了几句话,今天就是解决后续麻烦。

他们靠这个混出的名声不小,但得罪的人也不少。葛赵临特别怕疼,每逢出现些什么冲突,陈铎都会护着他。

陈铎打开手机,有条新短信:"哥哥,你没事吧?"

是秦弦发来的,陈铎跟她同母异父,一直没什么感情,但陈铎会定期给她打生活费,秦弦这才偶尔和陈铎有交流,所以说钱这玩意儿还有点儿用。

陈铎问葛赵临:"秦弦认识刘毅?她怎么这么快就知道消息了?"

"她的同班同学好像是刘毅的小弟,"葛赵临吊着一口气,轻飘飘地说,"也可能是学弟,我不确定。"

"你最近在晚上碰到她没?"陈铎问。

葛赵临想了一下,说:"前天还是大前天来着,在酒吧门口碰见了。她骑在一个人的肩上吹气球,不过她没看见我。"

陈铎"嗯"了一声,就没再说话了。

"你这是管不动,还是压根儿不想管了?"葛赵临有点儿佩服他身上这股淡定劲儿,又感叹道,"你妹妹就是一个青春期叛逆少女,还混社会呢?社会上的多少阴暗面,她都没见识过,你就不怕她学坏了?"

陈铎伸手按了按颈椎:"不怕。"

"真牛,还有你这样当哥的。"葛赵临冲他竖起个大拇指。

秦弦从来不跟别人说陈铎是她哥哥,陈铎也很少提起自己有个妹妹。两个人之间的这层关系没几个人知道。

秦弦可能是嫌陈铎名声太臭了,说出去会让她丢面子。

而且跟秦弦互称兄妹的都是些"小混混",一听说她身后还站着个陈铎这样的大哥,能把他们吓得当场躺在地上抽搐,谁还敢跟秦弦交朋友?

第三章 失控

网吧这边,电话接通了。

"周诣,替我去市医院一趟,看陈铎有没有受伤。"韩昭顿了顿,说,"他跟葛赵临挨揍了。"

周诣诧异地挑眉,心想陈铎这样的人还能挨揍?

"他受没受伤,没跟你说吗?"周诣问。

他有点儿搞不懂韩昭这话的逻辑,受没受伤不就是一句话的事,哪里还用得着自己屁颠屁颠地亲自跑去看?

"他受伤了也不说。"韩昭叹了一口气。他现在有事走不开,不然也不会麻烦周诣。

陈铎心里一直有种偏执,什么事都要自己担着,很害怕别人帮忙。一旦他被人施以援手,心理上的负担重得堪比一座山。

"行,我马上去。"周诣说。

他收拾好东西往门口走去,经过前台的时候突然顿住脚,狐疑地瞥了一眼在跟老板搭讪的男青年。

他似乎央求老板帮忙拧开瓶盖,从老板手中接过水瓶时,却又一巴掌将水瓶打翻,溅了老板一身。

他吹了一声口哨。

老板既没躲开也没说话。她不疾不徐,慢慢地重新拧上瓶盖。

"付钱再走。"她冷着声音说。

周诣"啧"了一声,毫不犹豫地把校服外套脱了,扔给老板,让她穿上。

"谢了。"老板说。

男青年立刻转头瞪向周诣，一句"你谁呀"在舌尖绕了一圈，又咽回了嗓子眼里。

周诣就这么平静地看着他，连个稍微冷漠点儿的眼神都没露，但身高和气势在那儿，铺天盖地的压迫感沉重得让人呼吸停滞。

男青年愣着站了半分钟，张不开嘴。

周诣环视了网吧一圈，发现这晚来上网的男青年格外多，还时不时就往前台偷瞄。

平常这个点都是陈铎看着，没人敢造次。但现在大半夜的，只有老板自己站在前台后。几十颗色心蠢蠢欲动，都快从嗓子眼里蹦出来了。

周诣很无语，叹了一口气，给邓荣琦发过去一条短信："早点儿来接嫂子下班。"

然后他急匆匆地走出网吧，打车直奔陈铎那里。

"我去上个厕所，"葛赵临冲陈铎摆了摆手，"你别扶我，我自个儿去。你站在旁边，我尿不出来。"

陈铎："……"

葛赵临看似虚弱地捂着肋骨，一步一步挪出病房，却没往厕所走，而是拐了个弯爬上二楼。他站在一间病房门口，停了半晌后，推开门走了进去。

第三章 失控

"马哥,最近怎么样?"葛赵临走到病床边,看着马问山脸上那道疤,笑道,"有点儿对不住,空着手来的。哥,你饿吗?我下楼给你打饭去?"

马问山盯着天花板,明显一副不想搭理他的样子。

葛赵临笑了一声,阴阳怪气地说道:"你的脾气怎么一点儿都没变?都这样了,你还狂呢?"

他正说着,手机突然收到了一条短信。周诣没有陈铎的联系方式,问陈铎在哪间病房里。

葛赵临看了一眼床头,把数字发给周诣,继续冲着马问山自言自语:"说真的,哥,咱们这些人里最牛的还是你。"

葛赵临压根儿不在乎他理不理人,一心说自己想说的话:"干架猛、脾气暴,买个菜排场都这么大,我以前特想跟你混。

"我觉得,哥,你很牛,不是因为战斗力强,也不是因为追随你的人众多,而是能用一口黑锅,直接把一个活生生的人给毁了。"

葛赵临脸上的笑容已经完全消失了。

"你知道陈铎现在过的是什么日子吗?"他一脚猛踹在了病床栏杆上,"你知道吗?!他的人生全完蛋了!烂透了!烂得就像一摊泥巴一样!"

葛赵临的表情阴沉得吓人。

马问山支支吾吾地说:"我……"

"你什么你?"葛赵临气得差点儿咬碎了牙,"你去听听那些人怎么说陈铎的，你听听，我把刘毅带过来，让他站这儿跟你说。"

暴躁、愚蠢……这些话整整围绕了陈铎三年。

"你跟他……跟他说别生气……背黑锅的事不能说出……出去……让他担着……"马问山痛苦地闭上眼睛，"不然齐敏书……"

周诣刚要推门进来的动作因为这句话定住了。他站在病房外，犹豫着该不该进去。

他只听见了最后那句话，但很明显，话里隐含的信息量有点儿大，而且很可能跟陈铎有关。只是他到现在都没听见屋子里有陈铎的声音。

周诣又抬头确认了一遍病房号，没错，是葛赵临发给自己的那个数字。

"周诣？"身后响起一道诧异的声音，"你怎么在这儿？"

周诣回头一看，陈铎就站在离自己两米远的地方，皱了皱眉说："你走路没声音？吓我一跳。"

"你怎么在这儿？"陈铎重复问道。

"韩昭让我过来看你。"

陈铎"哦"了一声，说："你走错病房了，这不是我那间。"

周诣愣了一下，心想葛赵临办事也太不靠谱儿了，三位数的病房号都能给错，又疑惑地问："那这间谁住？"

陈铎看了病房一眼，说："视频里的那个。"

那段被几人调侃的视频，周诣还记得清清楚楚，不过那视频的

第三章 失控

内容不是……

"我是当众道歉的那个。"陈铎很淡定地吐出这句话,"里面就他露了脸,还落下心理阴影住院了,其余人都受处分了。"

周诣简直对陈铎这人无语,半天才憋出一句话:"你可真够厉害的。"

"你也挺厉害的。"陈铎难得跟他客气了一回。

周诣想起葛赵临给错病房号这事,从裤兜里掏出手机说:"把微信号给我。"

陈铎一听这话,忍不住吐槽:"我第一次见要人微信这么直接的。"

"帅哥,你长得可真帅气,求个微信好友位,可以吗?"周诣冲他翻了个大白眼。

陈铎一边拿手机一边回了一句:"没问题,靓仔。"

两个人说了会儿话的工夫,葛赵临推开门从病房里出来,看见两人扫码加好友,忍不住无语地说道:"你们能不能说话正常点儿?"

"你能不能正经动动脑子?"周诣瞥了他一眼,"病房号你都能给错。"

葛赵临皱眉。他一直对自己的脑子很有自信,应该干不出这么愚蠢的事。

他回想了一下,给周诣发短信那会儿他已经酝酿好了怒气,满肚子火直冲脑门,烧得他有点儿失智,看一眼马问山床头的床位号,直接就发给周诣了。

"行，行，行。我的错，我的错，行了吧？"葛赵临张嘴就是一套标准的"直男认错三连"，"你们请我去吃烤串。"

陈铎愣了愣，问："我们请你干什么？"

葛赵临理直气壮地说："因为我受伤了，太疼了，不吃烤串睡不着。"

"那就别睡，"周诣瞥了他的肋骨一眼，"接着疼，疼死了我拿烤串给你上香。"

葛赵临笑骂道："陈铎，你听听他这嘴欠的，是不是快赶上我了？"

"嗯，差不多。"陈铎指了指病房，说，"我进去说两句话，你们先下楼吧。"

葛赵临应了一声"哦"，周诣点了点头，走了。

陈铎推开门走进病房，后背靠在门上，屈着长腿，低头淡淡地问："葛赵临说什么了？"

马问山的脸不能动，眼珠再怎么转也看不到陈铎，他艰难地说："说……刘……刘毅说话太难听，你……你会……"

太磨叽了，陈铎不耐烦地打断他的话："我说了视频的事我担着，担到我死，明白没？"

"谢谢。"马问山忍不住哽咽。他真的害怕刘毅把陈铎刺激了，陈铎会把真相说出去。

第三章　失控

"齐……齐敏书身体好点儿了……"他提醒道。

"关我什么事?"陈铎冷冷地说。

马问山仰视着天花板,不说话了。

陈铎也没耐性跟他待着,光听他那便秘似的说话速度就想上厕所,转身离开病房,下楼直奔周诣。

现在这个点是吃烤串高峰期,烧烤摊的人很多,葛赵临屁颠屁颠地跑去跟老板点菜,周诣跟陈铎挑了张角落的桌子,清静。

周诣掏出手机,打开陈铎的微信。

"你这个落伍的人不发朋友圈?"周诣挑起一边眉,说,"连个集赞、转发都没有。"

陈铎用手按着后颈,转了转脖子:"没什么想发的。"也没人对我的生活感兴趣。

周诣"哦"了一声,说:"你的头像用纯黑底图不好看,学学葛赵临,用我那张得了。"

周诣说完便愣了一下,嘴唇紧抿,恨不得立刻扇自己一个大嘴巴子。

这话听着跟没过大脑似的,他居然能这么自恋,让别人用自己的照片当头像?

葛赵临那是把他奉为整容模板才用的,陈铎呢?

陈铎不拿槌子砸烂他这张嘴就不错了。

周诣有点儿尴尬地看了陈铎一眼,发现他压根儿没听自己说话,注意力在另外一张桌子上。

周诣顺着他的视线看过去,那张桌子上就两个人,一男一女,看着像两个初中生。

女生顶着一头利落的短发,漂亮得像个洋娃娃,五官精致到令人惊艳,周诣硬是没从她的脸上看出一点儿皮肤瑕疵。

"看上人家了?"周诣伸手在陈铎眼前晃了晃,说,"醒醒,起来搬砖。"

陈铎转头,看傻瓜似的瞥了他一眼:"我妹妹。"

"你还有妹妹?"周诣愣了一下,突然有点儿好奇陈铎的父母长什么样了,他跟他妹妹这遗传基因也太优良了。

陈铎"嗯"了一声,表情明显是不愿意多说,周诣很识趣地没再追问。

但葛赵临点完菜回来,冲着陈铎就来了一句:"秦弦那短发看着可真洋气。"

"她问我要钱的时候说要接成长的,"陈铎平静地说,"她可能当我是白内障。"

周诣感觉气氛不太对劲儿,陈铎和妹妹的关系听着好像很差,就跟他和周岐一样。

两个人明明住过同一个子宫,但打小就没什么感情。

葛赵临打开一瓶饮料,冲陈铎招手,小声问:"你妹妹对面那小

第三章 失控

子是谁?"

陈铎看他招手,习惯性地给他拿了个纸杯,放在他的面前。

"不认识。"陈铎坦言。

秦弦交朋友的能力很强,陈铎刚记住一个,她就和另一个出来玩了。时间一久,陈铎就懒得记了。

反正他随便往街上溜达一圈,十个小伙里有六个得叫他一声哥,这感觉很微妙,有种"在场各位都是我的小弟"的奇异感。

葛赵临把饮料递给周诣,问:"韩昭知道这事了?"

陈铎点头。

"那刘毅铁定完蛋。"

周诣说:"不是,你们上赶着挨揍去了?"

"什么叫我们上赶着挨揍?"葛赵临打了个嗝,"我们就是当个调解矛盾的中间人。"

周诣笑道:"陈铎一点儿事没有,你这就是不扛揍。"

葛赵临白了他一眼,没好气地说:"这回就是碰巧我倒霉。陈铎受伤的次数多了去了,他绰号叫'疯狗',你知道吧?"

周诣没接话,看了看陈铎。陈铎低着头在揉颈椎骨,脸上跟平常一样,没什么情绪。

周诣了解过调解矛盾的中间人,所以能理解陈铎为什么这么拼。

他要是不拼命树立威望,丢人现眼的就是他自己。

"我们有原则,不是什么人的忙都帮。"葛赵临手上沾了点儿油,伸开五指冲陈铎晃手。

陈铎拆了一包纸抽去给葛赵临擦手，然后把用完的纸扔进垃圾桶。

他们这一串熟练的动作让周诣都看不下去了，他问葛赵临："你的小名是不是叫'巨婴'？"

拿餐巾纸擦手上的油这人都要别人代劳？

陈铎压根儿没想搭理他，转了一下手里的纸杯。

陈铎过了一会儿发现周诣还盯着自己，淡淡地说："我脸上有花吗？"

周诣看着他："平常不是挺能跟我犟嘴？怎么你这会儿不跟葛赵临犟了？"

葛赵临咧嘴一笑："你比我嘴欠，陈铎忍不了。"

周诣在桌子底下给了他一脚："闭嘴，吃你的串去。"

葛赵临又打了个饱嗝，不说话了，抓起一把还没烤熟的肉串吃。

周诣不怎么喜欢油腻的东西，吃了几串鱼豆腐就住嘴了。他转头看陈铎，陈铎一直没吃，还在低着头揉颈椎。

"你这脖子是不是严重了？"周诣低声问。

陈铎垂着眼，声音也很低："没。"

周诣想起饭局那天，他颈椎酸的时候韩昭帮忙揉了一会儿，想着想着，手就慢慢抬起来，结果又立刻放下了。

我是不是缺心眼？！周诣在心里大骂一句，想着：人家韩昭跟陈铎认识好几年了!你跟陈铎才哪儿跟哪儿?!你瞎抬什么手?!

幸好没真去按陈铎的脖子,不然自己能尴尬得钻到桌底下去。

陈铎压根儿没发现周诣这么多的心理活动,听见葛赵临又打了个饱嗝,就问:"走吗?"

"走!"葛赵临拍了一下桌子,又打了个嗝。

"你怎么还没完了?"陈铎瞥了他一眼,"停住了再走。"

"老子再说一……嗝……一遍!走!"葛赵临捂着肋骨。

陈铎没办法,回头看周诣一眼,示意他跟上。

葛赵临走了一路,"嗝"了一路,压根儿没停下来过。他的肋骨又疼得不行了,他只能慢慢走在陈铎和周诣后面,一边走一边骂,整张脸上都写着"烦躁"两个字。

"你回寝室睡?"陈铎问。

周诣想了想,说:"回家睡。"

陈铎"哦"了一声,不知道该聊点儿什么了。两个人同时沉默,谁也没再说话,就像第一次散步的时候一样,不过现在没有尴尬的感觉了。

其实陈铎觉得,如果有人陪自己走路,不说话反而更好。而且这次他没有放慢脚步等周诣,因为周诣从一开始就是跟他并肩的。

周诣脑袋有些发沉。只要陈铎不说话,他就只能听身后的葛赵临打嗝了。

周诣突然想起一件事,没过大脑就脱口而出:"视频里道歉的人不是你吧?"

陈铎浑身都僵了一秒。

"是我。"陈铎停下脚注视着周诣,语气无比坚定,甚至有些强硬。

他甚至重复了一遍:"是我。"

周诣说完就觉得这话太唐突了,无论视频里的人是不是陈铎,都是人家的私事,况且还是件难以启齿的私事。

只是在病房门口的时候,陈铎的表情很淡然,淡到仿佛在随口说别人的事。当时周诣就有种感觉,也许视频里道歉的人并不是他,毕竟根本看不清脸。

周诣有些尴尬,刚想开口说话,身后响起"咚"的一声。

周诣跟陈铎同时转过头去。

葛赵临的脑门撞在了电线杆上,手机也掉在了地上。他骂骂咧咧,弯腰去捡,捡起来之后光顾着低头看手机,往前走了两步,又"咚"的一声撞在了电线杆上。

陈铎没忍住,低头轻笑了一下。

周诣头一回听见陈铎的笑声,都没去嘲笑葛赵临,立刻把视线移到陈铎脸上,挑眉说道:"你被我揍多了吧?"

"嗯?"陈铎不解。

"你脸上有两个坑。"

"这叫酒窝。"陈铎说完就把笑容收了。

第三章 失控

"我都好久没从你脸上看见这两个坑了,"葛赵临撞完电线杆就不打嗝了,"还怪想念的。"

陈铎没说话。

"我一直以为只有女生才长这玩意儿。"周诣说。

"他其实有四个,"葛赵临指了指陈铎的脸,"还有两个小坑。"

"梨涡?"周诣有点儿诧异。

陈铎叹了一口气,无奈地说:"咱们聊点儿别的吧。"

他觉得周诣跟葛赵临不是对这四个坑好奇,而是对他这样的人脸上有这么可爱的东西有种满满的违和感。

"那两个小的不见了。"葛赵临又嘟囔了一句。

周诣顺口就想问"为什么",但陈铎明显不愿意继续这个话题了。

最起码的尊重还是要有的,周诣没再说什么,陪陈铎走完一段路,中途拦了辆出租车,说了句"再见"。

上车之后,周诣眯了一会儿。

这两天见识的事情太多,他忍不住有些感慨,生活在不同环境里的人,差距真不是一星半点儿。

他在省会见过很多阔绰公子哥,人手一辆跑车,大城市的人连说话都更有底气。

再看他现在待的这个地方,陈铎和葛赵临这个年纪的男生,早就学会自己讨生活了。

其实周诣这十八年来够幸运了,家里破产都没让他少吃一顿饭。

他出生在三线城市,没见过什么大世面,仗着家里有两个臭钱,就像井底之蛙一样自我满足,不知天高地厚,从小到大浑得一点儿良心都没有。

父亲破产赔得把房子都卖了,姐姐周岐在名校演讲,拿奖拿到手软的时候,周诣还在四处闲逛。

他以前觉得自己不算浑,因为他干的这些事,跟方际他们比起来简直是日常小事。

人有时候挺可笑的,和特别差劲儿的人对比时,不仅不会觉得自己差劲儿,甚至认为自己其实很优秀。

到底环境和身边的朋友低劣到了什么地步,才会让人萌生这种错觉?

周诣到家的时候听见楼道里乱哄哄的,身后三个喝醉的女孩儿互相搀扶着爬上楼。

她们一上来,浓浓的酒精味就直冲面门,混杂着化妆品和香水味,周诣忍不住呕了一声,暗道自己这鼻子真是遭罪。

有个女孩儿站得离周诣很近,一上来就面无表情地盯着他,把他的汗毛都看得竖起来之后,突然号叫一声,扑进他的怀里痛哭。

周诣被吓得浑身哆嗦了一下,他闭上眼揉了揉眉心,冷声说道:"走开。"

第三章 失控

另外两个女孩儿也被吓了一跳,赶紧把她从周诣怀里拉回来。

"畜生!你妈和你都不是好东西!势利眼!"

女孩儿被硬生生地拖进了屋里。

周诣臭着脸把自家门打开,有人喊了他一声,他没理,"砰"地一下关上了门。

"啊!"周诣低吼,瞪着自己惨不忍睹的衣服。他胸口的衣服湿了几处,有的地方黏糊糊的。

他敢肯定,身上绝对不止眼泪、唾液、鼻涕、化妆品什么的肯定都沾上了,看着就跟大杂烩一样。他赶紧把衣服脱了,恶狠狠地甩进垃圾桶。

但他转身刚走两步,一下子又定住,折回去,从垃圾桶里捡出衣服,走进了洗手间。

周诣被自己这番动作搞得甚至想笑,又气又悲哀。

这要是在以前,衣服扔进垃圾桶的时候,他眼睛都不带眨一下的。但他现在哪儿还有任性的资本?

这衣服有点儿贵,三位数,八开头,把它扔进垃圾桶里,就像把人民币扔进大海。

他还真是越活越窝囊了。

周诣老老实实地把衣服放进洗衣机,打开花洒洗澡。

刚才那人扑上来时有些用力过猛,他不确定对方是真醉还是装醉。

这种事他碰到过很多次，喝醉了把他认成前男友的，耍酒疯找他要钱的。

此类行为就是"你和我一个朋友长得好像啊"这种低俗搭讪方式的升级版本，简称"耍流氓"。

洗完澡吹头发的时候，周诣对着镜子发了会儿呆，考虑要不要把头发剃了。他不知道自己留寸头什么样，但觉得留寸头凉快，还能节省洗澡时间。

他现在的发型拍照很上镜，蓬松中分，头发细黑浓密，唯一的坏处就是热。

时间还早，周诣下厨炒了两个菜，从冰箱里拿出两瓶冷饮。他把东西放在桌上摆好，冲着自己对面的空椅子说："开饭了。"

两口饭刚下肚，手机响了。

"死哪儿去了？"王恺拉长尾音，懒洋洋地问。

"在老家。"周诣仰头猛灌一口冷饮，大喊，"爽！"

"你爽了，我烦了。"王恺嘟囔，"方际嫌累，不乐意替你的活儿，我花钱重新雇的几个助教不听话，净想着抽油水，过快活日子。"

"你赶紧回来。上什么学？出来了还不是打工？除了我爸手底下养的这群健身助教，你见哪个人能有这么好的待遇？"

周诣沉默着喝完一瓶冷饮："我直说了，你那小心脏承不承受得住？"

第三章 失控

王恺一听这话,安静下来,半晌后叹了一口气:"说吧,随便说,反正我现在揍不着你。"

"以前那种生活,我过烦了。"周诣说,"我回来复读不是心血来潮,这事我考虑半年了,就是不知道怎么跟你们开口。

"说实在话,在你那儿干活儿,真是我能得到的最好待遇了,但是那种生活……"

周诣顿了顿,继续说:"怎么跟你形容呢……就像,明明活在当下,却能一眼看清未来是什么样子。"

周诣当健身助教的工作无非就是每天擦擦器械,教健身小白做几个引体向上,下班了就和一帮兄弟吃串打台球,日子潇洒里带着无聊。

这种生活对他来说挺爽的,无拘无束还不愁吃喝。

但时间久了,他的心里越来越不踏实。

他看着朋友们失了魂一样尖叫狂欢,不仅没半点儿兴奋感,后脊椎还无端发凉。

那是他第一次觉得,好像他们所有人未来的样子都摆在眼前了,颓废平庸,浑浑噩噩,一事无成。

他少年时憧憬着的未来,他向往过的人生尽头,原来是这个模样。

"我初中那会儿觉得,光膀子、呼朋唤友的社会青年可太有个性了,酷得连亲妈都认不出来,谁见谁绕着走,所以我就成了那种人。

到后来，我真光着膀子当上健身教练才发现，原来人家不是怕我才绕着走的。"

"是看不起你。"王恺说。

"对，"周诣苦笑，"是怕被我这种垃圾传染。"

两个人同时沉默下来，不说话了。

半晌过后，王恺开口："其实你这种想法，我和方际都有过，但是……但是你知道吧，有觉悟，但没那个能力和勇气。对我们这样打小学习不开窍的人来说，能赚那么多钱，都算是上辈子积德了，我们就想着快活一天是一天。"

王恺叹了一口气："说白了咱们就不是一路人，你跟邓荣琦活得太清醒了，什么事都想得明明白白，不该过这种日子。"

周诣不知道怎么接话，又开了瓶冷饮，闷头一个劲儿地喝。

王恺说完后也没再出声，但手机开了免提，声音被放大，周诣听得出来他在抽烟。

周诣看一眼手机时间，十点半。

"挂了。"他说。

"大半夜的你急什么？你有事？"王恺突然激动了一下，"你找到对象了？！"

"你有毒吧？爷明天得早起上学。"周诣笑了笑，"再见。"

周诣挂断电话，去厕所草草冲了个澡，睡觉前躺在床上玩手机，点开陈铎的微信朋友圈看了看。

第三章 失控

真是太干净了,干净得让周诣怀疑他根本不用微信。

也有可能他是怕被人骚扰吧?周诣的心里突然冒出这么个想法。

周诣转学第一天就有人加了自己的微信,在他爱搭不理的情况下还特别"热情"地把那种道歉视频发给他看,那陈铎得被他们"热情"成什么样?

他想着想着就点开了对话框,然后给陈铎发了个表情。

过了半个小时,微信仍然没动静,周诣没有等别人回消息的习惯,于是翻身睡觉了。

第二天中午,在食堂角落的餐桌边,周诣不出意外地又碰上了陈铎。

哦,陈铎在吃牛肉面。但周诣并不想提醒陈铎,牛肉面里可能有头发。

"昨晚发的微信,你没看到?"他问。

"看到了,"陈铎抬起头,说,"你发过来我就看到了。"

"那你就没打算回一下?"周诣瞥他一眼,"你很忙?忙到不回消息?"

"回什么?"陈铎说,"我没有表情包。"

周诣的喉头噎了一下,他想吐槽又忍住了。毕竟连朋友圈都不发的"老年人",没有表情包也挺正常的。

"我给你,要不要?"周诣收藏的表情包快上百了,都是精挑细

081

选出来的小猫咪卖萌动图。

"不要，太幼稚。"陈铎果断地回答。

"我……"周诣叹了一口气，"算了，不要拉倒。"

陈铎吃完了面，且很幸运地没有吃到头发。他问周诣："运动会你报什么项目？"

"运动会？什么时候下的通知？"周诣一脸发蒙。

陈铎端着盘子站起来，说："今天早晨升旗，我念完检讨之后。"

"你报了？"

"班主任给报的，坐最后一排的人都给报了。"陈铎说。

周诣"哦"了一声，每次搞运动会这种事，教室最后一排的人就该派上用场了，学习不行，体育来凑。

"你报的是什么？"

"五千米，"陈铎顿了一下，补充道，"四百米和接力。"

"你是个铁人吧。"周诣震惊。他跑三千米就能累断腿。

"我短跑不行。你如果报的话，就跑二百米吧。"陈铎说。

"你这话我听着怎么这么难听呢？"周诣磨着牙，阴沉沉地说，"我还非得报你不行的项目？"

"我行的你也能报，"陈铎淡淡地说，"做好心理准备，别被我打击得迈不开腿。"

周诣一回教室，果然班长就来问他要不要报项目。他明明不是坐最后一排的差生，愣是因为长得高看着壮，就被人觉得跑起步来

第三章 失控

能直逼刘翔了。

"五千米有没有人报?"周诣问。

中午陈铎那话有点儿狂,狂得把周诣那股逞能的浑劲儿又刺激上来了。

"没有,"班长摇摇头说,"都是体育生报五千米,我们班没有。"

周诣"哦"了一声,说:"我报了。"

"这项跑下来可累了,你跑过吗?"班长一脸担忧的表情。

周诣想说没有,但又怕班长不给自己报,于是气定神闲地扯了个谎:"嗯,跑过。"

他跑过最长的项目也就是三千米,而一百米和接力之类的短跑才是他的突出优势。初中那会儿他还去省里参加过比赛,但他的耐力真的不行,长跑这种拼肺活量和呼吸技巧的项目,他其实并不擅长。

"老实人"班长放心地点了点头,记下他的名字后走了。

晚自习陈铎管纪律,周诣到自习室的时候已经有不少人了,明天搞运动会,屋里一群"皮猴"兴奋得不行,这晚铁定学不下去。

陈铎跷着二郎腿坐在讲台上,脑袋靠墙,看到周诣进来,懒洋洋地瞥了他一眼,说:"来学习?"

"不学了,"周诣挑了个离讲台近的座位坐下,"补觉。"

陈铎"哦"了一声:"你不学,那我就不管他们了。"

周诣往自习室后排看了一眼,一堆体育生聚在那儿斗地主,葛赵临也在。他的打牌姿势特别狂,整个人直接站到桌子上,出个牌跟摔炮仗似的,"啪啪"地往地上砸。

"你就没揍过他一顿?"周诣冲陈铎指了指葛赵临,"这小样儿,惹得我都手痒了。"

陈铎一副"我懂"的表情:"我手痒好几回了。"

他刚说完,葛赵临就怒吼了一声:"老子要出张大牌了!哎?一张小三儿!"

"现在就打吧,这谁能忍?"周诣简直无语,葛赵临那贱贱的语气让人鸡皮疙瘩都起来了。

陈铎笑了笑。

"五千米我报了,"周诣看着陈铎说,"实在跑不动怎么办?"

陈铎抿了一下嘴:"爬。"

后排又突然爆发出一阵躁动,葛赵临站在桌上捂着肋骨狂笑,乐得像只非洲大猩猩。

"刘畅,你下载的这都是什么呀?什么乱七八糟的玩意儿?!"

"车鸣誉,谁让你登录我的网盘了?是不是手贱?!是不是?!"

刘畅一脚踹在车鸣誉的屁股上。车鸣誉边捂着屁股边笑,把手机递回去的时候手都笑得发抖。

"你能听明白他们在说什么吗?"周诣问。

"哎,"陈铎的语气有点儿无奈,"你是不是当我傻?"

"是,"周诣点头,"你这表情管理能力太牛了,我真以为你没听懂。"

陈铎懒得理他,嗤笑了一声,没说话。

周诣第二节晚自习的时候睡着了,趴在桌上睡得比死猪还死,但好在没发出点儿什么难以启齿的声音。

比如有些人睡着睡着喜欢呻吟一声,或者打呼噜、磨牙。

陈铎就坐在上边。周诣要是发出点儿什么声音,他肯定能听见。

陈铎去网吧上班前,看了周诣一眼,这"死猪"睡得很香,在睡梦中还无意识地摸了摸胳膊,像是觉得有点儿冷,

陈铎冲后排的葛赵临喊:"关风扇。"

"关哪个?"

陈铎指了指周诣:"他头顶上这个。"

葛赵临"哦"了一声,转身去摸开关。

见风扇停了下来,陈铎就离开了。

周诣睡醒的时候,自习室里已经没人了,大喇叭里在放《夏天的风》。可能因为知道了这是陈铎翻唱的,他听得比之前更认真一些。

他一个人坐在自习室里,沉默着听完了整首歌,然后关窗锁门,回寝室睡觉。

第二天周诣起得很早,运动会在即,难免有点儿兴奋。他胡乱

地抓了一把头发,一边打哈欠一边往厕所走,一到门口就看到白花花的一道身影。

是陈铎在换衣服。

周诣一下子就清醒了。

陈铎在穿学校发的运动服,周诣收到衣服的时候觉得简直丑爆了,丑得让他连吐槽都吐不完,这衣服的颜色真的一言难尽——闪耀荧光紫。

陈铎裸着上半身,下面已经穿好短裤。这一刻周诣终于意识到白有多重要了,这么土的一个颜色,也就陈铎这种"冷白皮"的人能驾驭了。

陈铎的肤色倒不是常见的暖白或者营养不良的苍白,是一种周诣说不上来但很高级的白。

陈铎的小腿也露着,不瘦但直,非常长,肌肉线条硬朗匀称。

"起这么早?"陈铎看见周诣站在门口,有点儿尴尬。他就是趁周诣还没醒才换衣服的。

"嗯,"周诣很有眼力见儿地转过身,说,"我出去待会儿,换好了叫我洗漱。"

"好。"

周诣走出寝室到走廊上,没等多长时间,宿舍的门就被推开,陈铎喊他:"行了,进去洗漱吧。"

"哦。"周诣猛吸了一口冷气,走回寝室洗漱。

第三章 失控

等他端着脸盆从厕所回到床前,看着床上的运动服,脸上的嫌弃之色不是一星半点儿:"非得穿这身'紫兜肚'?"

"没让你穿'红兜肚'就不错了,"陈铎看了他一眼,"去年就是红的,特别喜庆。"

周诣噎了一下,感觉自己穿这身荧光紫运动服会很非主流,只好作罢:"算了,下午再换吧。"

周诣离开寝室去班里报到,进教室的那一刻,差点儿被一片荧光紫闪瞎了眼。真是……一个赛一个地丑。

"荧光紫"们还有心思显摆肱二头肌,班里仅有的四个女生在给他们签字。

周诣不喜欢别人签自己的号码布,初中时候就从来不让人签。他一般只在背面写四个大字"老子真牛"来给自己加油。

他拿着"紫兜肚"去了检录处,一眼就在一堆人里看见了最养眼的那个。

陈铎仰着头,面无表情地在揉后颈,身前有个女生在给他签字。

女生碰到陈铎的胸膛,根本不敢抬头看他,手猛地一颤,笔下的一撇直接飞了出去。

陈铎垂眸看了她一眼,没说什么,直接摘下了胸前的号码布递给她,然后退后一步,和她保持距离,好让她的紧张感消退些。

女生签完字,把号码布还给他,低着头小声说了一句"谢谢你",红着脸跑开。

周诣在旁边看着都快笑出来了。他走上前,拍了拍陈铎的肩膀,笑道:"跟哥说实话,你是不是逼人家小姑娘给你签的?"

"没,"陈铎淡然说道,"她自己过来的,怕我,还非要签。"

周诣"啧"了一声,冲他指着自己的号码布,说:"给我签。"

"加油?"陈铎问。

"不是,写四个字,"周诣比画了一下,"'周诣真牛'。"

"行……"、

不得不说,陈铎的字很好看,是标准到近乎印刷版的楷体。周诣看着看着,便有点儿忌妒。他写字就不如陈铎,属于发挥不稳的那种。

手顺的时候他也能写这样的楷体,手欠了只能画出龙飞凤舞的"线条"。

陈铎签完之后就进了检录处点名。周诣报的五千米还没到检录时间,他回到操场观众席上,占了个视野良好的座位——看清选手跑步时扭曲的表情,这是周诣的一大乐趣。

开场项目是女子一百米跨栏,女生同栏穿着紫色短裤,广播员每念出一个选手的名字,观众席上的男生就吹一声口哨,听得周诣这张老脸都烧得慌。

不过没过多久周诣就发现了,这些女生跨栏的时候压根儿不跨,"哎呀妈呀"一声把栏给推到地上,再继续往前跑。

第三章 失控

观众席上这群男的兴奋得过年似的,他甚至听见有人喊了一声:"你把我也推倒,行吗?!"

周诣朝那人瞥了一眼,居然是葛赵临。他穿着去年的"红兜肚",整个人看着像个福娃宝贝,喜庆中带着一股浓浓的乡土气息。

女生们跑完之后,立刻有人送水递毛巾,又是扇扇子又是挡太阳,看得周诣都想当个女的了。

在十中这儿,连食堂阿姨都很少,只要是个雌性动物就得被重点保护。

紧接着的项目是男子跨栏,周诣没兴趣看,闭眼打了个盹儿。半个小时后周围一阵骚动,这次不光男生在号,女生也在"嗷嗷"尖叫。

他睁眼去看选手入场口,轮到男子四百米那组了,陈铎戴着一顶黑帽挡太阳,蹲在地上系鞋带。

广播员念出"高三(1)班陈铎"的时候,全场女生扯着嗓子使劲儿喊"哥哥加油",男生也跟着在喊。

但男生们的喊话并不友善,脏话和诅咒参半,几乎都在喝倒彩。

选手在起跑线前就位,"啪"的一声枪响,几匹狼瞬间蹿了出去。

陈铎同组里有会压枪的体育生,迅速拉开了陈铎一大截。

陈铎的速度极其快,快到让周诣只能看见双腿的残影,但毕竟对手是一群常年训练的体育生,陈铎目前只处在第四的位置。

陈铎从周诣眼前"唰"地一下飞过去的时候，周诣没看清他的五官是否扭曲，只感觉一阵狂风拍在了脸上。

舒服！凉快！爽！

陈铎跑直道的速度确实比不上体育生，但到最后弯道，他碾压全场的优势就体现出来了。

他从外圈一溜烟儿地反超了三人，以压倒性的爆发力领跑第一，最后五十米冲刺非常惊险，第二名紧追其后，差距不到半米。

陈铎冲破红线那一刻，周诣差点儿一嗓子吼出来，不过又憋住了，倒是他旁边的男生替他高喊了一声"陈铎真牛"。

陈铎把手撑在膝盖上轻喘。第二名是个体育生，他大口呼着气，冲陈铎伸出手，笑道："最烦你这种弯道杀手了。"

陈铎没接话，但和他击了一下掌。

周诣看到其他选手跑完后，都有朋友上前递水，但唯独陈铎没有。

倒也不是真没人想给他递水，他旁边的几个女生手里拿着水，但就是不敢给他，推推搡搡，非要找个人出头。

周诣都搞不懂为什么陈铎能让她们怕成这样。凭良心讲，陈铎的绅士程度在十中应该算数一数二的了，他不仅知道尊重女孩子，和女孩子接触时也总是注意细节，不像其他的男生似的，当面流里流气不说，背地还给女生起绰号。

周诣叹了一口气，去小卖部买了瓶水，站到终点等陈铎。

第三章 失控

陈铎得接着跑接力,连口水都没喝就又去检录处报到了,周诣估计他的嗓子都快冒烟了。

十分钟后陈铎上场,跑最后一棒的冲刺位。他看见周诣,立刻指了指自己的脖子,然后滚动了一下喉结。

周诣扬起胳膊,冲他晃了晃手里的水。

陈铎的嘴角勾了一下,一个很浅很浅的梨涡露出来一秒,他又偷偷把视线从周诣身上移开了。

枪响,观众席传来竭力的呐喊声,班级接力赛通常最能引起集体荣誉感,所有人拼了命地跑,每个班的人都扯着嗓子尖叫。

葛赵临算半个体育生,练过短跑,交接第二棒的时候已经和其他人拉开了很大差距,第二棒和第三棒的交接也都没问题。

接力棒传到陈铎手上,一班稳赢无疑,葛赵临开场就制造了优势,陈铎轻松地冲过红线,步子连停都没停,直奔周诣要水喝。

"哎,慢点儿。"周诣笑了笑,把瓶盖拧开递给他,"别呛到了。"

陈铎接过来水,喉结滚动了一下,仰起头,一口气喝空了半瓶水。

"你这短跑速度可以啊,没有教练让你去当体育生试试吗?"周诣问。

"有过。"陈铎擦了把额头上的汗,"体育生要天天训练,我没空。"

周诣"哦"了一声,心想陈铎得出去挣钱吧,又劝他说:"下午跑五千米，中午回寝室休息吧。"

陈铎摇头："有事。"

"又出去干活儿？"周诣有点儿无奈，"你还没腻吗？"

陈铎将剩下的半瓶水喝完，半晌后说了一句："腻了哪儿还有饭吃？"

周诣没再接话。

陈铎比完赛去寝室换了衣服，出来的时候荧光紫变成了一身黑，宽松黑短袖和黑色牛仔破洞裤，腿又长又直，皮肤冷白，身形优越得像个男模。

中午去学校外面吃饭，周诣路过网吧门口的时候，碰见了一只猫。其实他不确定是猫，也有可能是只大老鼠，因为那动物又瘦又脏。

猫伸了个懒腰，一根根骨头突出来，那叫一个瘆人。周诣本来想绕道走，离这骇人的生物远点儿，但猫看见他之后就跟上来了。

"去你的。"周诣伸出鞋尖吓唬它。

猫不仅没尿，还扑到了他的脚上，死抠着鞋带不松爪。

在周诣眼里，这个行为就是在挑衅自己。他蹲下把猫举起来，和它面对面地看了一会儿。

猫什么反应都没有，又伸了个懒腰。周诣顿时觉得无趣，转身走了。

第三章 失控

下午一点钟出头，陈铎回宿舍换运动服。这时候寝室里只有刘畅和另一个体育生，两个人在打游戏，一边咆哮，一边猛戳手机屏，嘴里骂骂咧咧地说着脏话。

陈铎一推开门进来，他们就跟被点了哑穴似的，一下子就不出声了。

陈铎压根儿没看他们，进厕所换上荧光紫运动服就出来了，一只脚踏出寝室门，就听见刘畅在后头小声嘀咕："他又打了一个。"

陈铎定住不动了，慢慢转过身，站在门口，面无表情地看着刘畅。

另一个体育生见刘畅犯怂不出声，气不打一处来，朝陈铎吼："说你又打了个男的，就新来那大高个儿，周什么玩意儿的。"

"你对我打谁这么感兴趣？"陈铎表情淡定地反驳了回去，"行，今晚就你了，刘畅和你一起来，咱们一对二试试？"

刘畅"哎哟"了一声，恨铁不成钢地拍了体育生的大腿一下，用眼神示意他闭嘴。

平常他们在背后贬损陈铎几句就算了，真当面骂那不是找揍呢吗。

体育生还想再反驳回去，刘畅手疾眼快地捂住了他的嘴巴，说："嘘！嘘！"

陈铎嗤笑了一声，没空再跟这两个人耗着，转身离开寝室，去操场检录处报到。

检录处这时候人很多,下午的项目只有跳高和五千米。五千米报的人数虽然不多,但在内圈屁颠屁颠地陪跑的人多,这会儿都站在参赛选手旁边伺候着。

陈铎扫视四周,找到了站在墙角的周诣。他已经穿上了闪耀的荧光紫运动服,看着有些一言难尽。

陈铎走过去,又近距离打量他一番,嘴角硬是没绷住,往上翘了翘。

周诣脸黑得要命:"你笑出声来试试。"

实话实说,他自己换完衣服的时候,也对着镜子笑了五分钟。

倒是不算丑,只是有种说不出的违和感,他露在外面的臂膀肌肉特别爷们儿,但穿上这身"紫兜肚",整个人简直就是柔情的硬汉。

"我不笑,"陈铎咳嗽了一声:"我真不笑。"

"你最好别笑。"周诣冷冷地说道。

临上场前周诣跟陈铎打了个赌:陈铎要是跑第一,周诣就喊陈铎一次"哥";周诣要是全程一步不走,陈铎也叫他一声"哥"。

陈铎不会压枪。周诣会,而且熟练得不行,但这场比赛他不想压。

各就各位,周诣习惯性地做了个蹲踞式起跑。"砰"的一记枪响,他猛地冲了出去,步频快到堪称恐怖,瞬间远远甩开同时开跑的选手。

短跑是周诣的优势。他的策略是一开始把差距拉得越远越好,

第三章　失控

到最后没力气了还能多拖一会儿。

跑道内圈有乌泱泱一群人跟着陪跑,在起点的时候周诣身边也有人,但他那速度把人家吓蔫了,一个能跟上来的都没有。

周诣跑完三圈依然是第一,回头看了一眼快要追上他的几个人,气得想骂人。

十中这群大老爷们儿是真的厉害,憋着的那股劲儿全发泄到跑步上来了,一个个跟野狼似的,速度压根儿没缓下来过。

而且他发现陈铎始终保持在第三,除去他这个马上要废了的假第一,陈铎一直紧追的那个人就是真第一。

陈铎这种选手才是最可怕的,在长跑项目里,沉得住气控制速度,又能稳居第二且紧追第一的人,往往都会是最后一圈的黑马。

第五次跑到终点,周诣有些力不从心了。他靠爆发力和肺活量一路领先,现在就像耗尽汽油的车,渐渐使不上力气了。

他的脚步只松懈了一秒,立刻就被第二名和第三名从身侧反超。

周诣看着被陈铎紧追的那个男生,那男生表情委屈得不行,都快被陈铎逼哭了。

周诣这脚步一慢,浑身再也提不起劲儿。他的步频越来越慢,但没有停。

旁边有人喊加油,周诣心想:我加什么油?

这五千米他就是来凑热闹的,跑到现在半条命都累没了,哪儿还有油能加?

他后边的选手早垮了，两两凑成一对，一边散步一边跟观众席上的人打招呼，内圈还有人给他们递水。

倒数第二圈，所有人都进入了极限期。周诣已经快吸不进氧气，嗓子涩疼得要命。他用舌头顶着上腭过滤空气，看了一眼前面的陈铎。

陈铎的速度也非常非常慢，但他依然在跑，坚持着匀速前进，愣是没停下来走一步，但始终没能超过第一。

有不少人陪在第一名身边，嘶吼着加油鼓劲儿，第一名身前有人拽他的胳膊，身后有人在奋力推他的背。

周诣简直惊了，原来这比赛还能助跑？

这都不算犯规？

终于有人进入最后一圈，观众席上的呐喊声震耳欲聋。周诣亲眼看到裁判对第一名的违规操作没半点儿反应，暴脾气瞬间上来了。

周诣狠狠一咬牙，看着跑在自己前面脚步渐慢的陈铎，强忍住身上所有的不适感，拼尽全力疯狂迈腿，超过陈铎，又毫不犹豫地一把抓住他的手腕，用最后的气力拉起他冲刺。

陈铎在最累的时候，突然被人拽着飞速向前跑去。他就这么紧紧跟在周诣身后，看着周诣的头发被风吹乱，脖颈汗水淋漓。

周诣筋疲力尽，在最后的直道上松了手，把冲刺的机会还给陈铎。

陈铎从他身旁反超，很快甩开他一大截。

第三章　失控

全程被逼的第一名终于彻底累垮。他停下脚步，故意挡在陈铎的正前方，一动不动。

陈铎差点儿没刹住脚，幸亏反应快，及时绕到外圈避开了那人。他回头，看着这个自己失败了就阻挡别人胜利的小人，竖起中指。

这人要是在四百米跑道上干这种缺德事，陈铎绝对不会减速，直接就往他身上撞。

周诣亲眼看着陈铎第三次冲破红线，停下脚，双手撑在膝盖上大喘气，脸上挂着明朗又解气的笑容。

最后，周诣连走带蹦地到了终点，在一众体育生里跑了第三名。旁边的陈铎已经累得直不起腿，一边喘气，一边撩起衣服擦汗。

一滴汗从他的下巴上掉到衣服里，接着滑进了裤子里。

周诣邀功说道："你的第一有我的份，那赌怎么算？"

陈铎想了一下，回道："随你。"

"算我们都输了吧，"周诣说，"各叫一声。"

"你先。"

周诣"哦"了一声，开口极其自然："哥。"

"嗯，"陈铎低头看着散开的鞋带，"哥。"

周诣挑眉："大点儿声，中午没吃饱？"

"哥。"陈铎声音很重。

周诣看了他的鞋带一眼，问："用不用哥帮你？"

陈铎沉默了一下，然后摇头说道："不用。"

"没事，举手之劳而已。"

周诣说着就要蹲下身，陈铎往回缩了缩脚，说："真不用。"

"行吧。"周诣摊手，"我回教室收拾一下书包，等会儿一块儿去网吧？"

陈铎点头："行。"

网吧门口趴着一只奇丑无比的猫，正缩在塑料袋上睡觉。

周诣跟陈铎一块儿放了学，陈铎把书包从肩上卸下来，一只手拎着，冲猫吹了一声口哨，喊道："'钢炮'！"

周诣愣了愣，心想陈铎居然和猫认识，那自己中午差点儿跟这猫打架的事可不能让陈铎知道。他装出一副很惊奇的样子问："你养的？"

"嗯，散养。"陈铎进网吧拿出一袋饼干，掰开一小块喂猫，说，"流浪猫，饿了就来网吧找我。"

周诣"哦"了一声，随口说："是只公的吧。"

"母的。"

"嗯？"周诣中午明明看到是只公猫，问，"你确定是母的吗？"

"不然呢？"陈铎抬头看了他一眼。

"行吧，"周诣提了提书包，说，"你陪猫玩吧，我进去看网课了。"

陈铎冲他挥了挥手。

这天晚上来上网的人非常多，运动会那股兴奋劲儿还没过去，

第三章　失控

打游戏的动静跟干架似的，陈铎管不过来，周诣戴着耳机也学不下去。

他抽空看了一眼陈铎，还是老样子，脸上没什么情绪，嘴里叼着根棒棒糖。

但他无端觉得，其实陈铎已经很烦了，只是情绪控制得好，一直压着脾气没表现出来。

知道陈铎心情不好，周诣回到寝室后打开微信，给陈铎发了个表情包。

这次陈铎回得很快，也是个表情包，周诣第一次发给他的那张。

周诣："偷我的表情包？"

陈铎又回复了一堆表情包。

周诣："回寝室干架？"

陈铎："来网吧互殴？"

周诣："别学我说话。"

陈铎："别学你说话。"

周诣："想挨打直说，别拐着弯惹我。"

陈铎："想惹我直说，别拐着弯挨打。"

周诣："打。"

陈铎："来。"

周诣笑了一下，没打算再回复消息了。他关上手机，侧过身睡觉。

知返

　　隔天早晨，寝室吹进来一股冷风。周诣睁开眼的时候，陈铎刚好把窗户关上，开口说话的嗓音很哑："早。"

　　"你吹了一晚上冷风？"周诣下床，忍不住问，"你那身体不要了？"

　　陈铎起身打开寝室门，周诣忍不住打了个喷嚏。

　　陈铎看了他一眼，说："没有下次了。"

　　周诣深深看了他一眼，从昨晚开始他就意识到陈铎心情不佳，陈铎自我处理坏情绪的能力很强，如果情绪过了夜，就说明可能是遇到了什么棘手的事，或者将要面临什么他无法承担的东西，但陈铎不喜欢被人帮忙，更不习惯倾诉烦恼，所以周诣不会追问。

　　周诣洗漱完出来，陈铎已经走了。

　　他叹了一口气，说不出自己现在的心情。

　　周诣离开寝室下到一楼，看见公告板上贴了新通知。这晚在综合楼有演讲，学校把往届优秀毕业生请回了校，给高三的学生鼓劲儿。

　　说得俗气点儿，人家就是回来显摆的，显摆一下自己过去的辉煌战绩，刺激刺激高三这群懒人，让他们知道天上地下的差距。

　　上午放学，周诣去理发店剃了寸头，两侧留青皮，露出额头和眉毛。他看着镜子，平生第一次觉得自己是真的凶。

　　周诣的五官不符合当下女生的审美，从小到大夸他帅的都是男人。他的长相属于越老才越有魅力的那种，估计三十岁的时候才是

第三章　失控

他的颜值巅峰期。

回学校的路上,周诣清楚地感觉到有人一直在看自己,也没有任何不好意思,只想:随便看,不要钱,我就是比你长得帅。

周诣进了综合楼,直奔最靠近角落里的位子,果然看到陈铎在那儿。

他在陈铎后面坐下,陈铎回头,盯着他看了好几秒,愣是没认出人来。

周诣有点儿想笑,说:"不认识我了?"

"看着更像个混社会的了。"陈铎说。

"去死。"

台上的一个秃头学长在演讲,屏幕上挂着简介。周诣看了看,哦,他认识。

是跟陈铎合唱的那个"学神",顶尖大学保研生,算是个物理天才,声音也好听,唯一的遗憾就是长得有点儿抱歉。

屏幕滚动着,突然出现一个人的照片,周诣看清照片的时候,大脑一下子就蒙了。

陈铎?!

前面的大片学生回头看了一眼陈铎。周诣猛地反应过来,意识到气氛有些不对劲儿。

这些人看陈铎的眼神,并不是"屏幕上这个男生长得好像你"的惊奇,而是——厌恶。

没错，厌恶，周诣可以肯定，他们看陈铎的时候，仿佛在看一袋恶臭的垃圾。

他心里无端有点儿烦，用手指戳了一下陈铎的后背。

陈铎转过头来看向他，胸腔里发出一声："嗯？"

"没事。"周诣呼了一口气。陈铎脸上的表情很正常，他的情绪没受影响就好。

要不是知道陈铎只有一个妹妹，周诣真能相信屏幕上这个叫齐敏书的人，是陈铎的双胞胎兄弟。

两个人的五官、发型、身高，哪里都像一个模子刻出来的。不过两个人的气质不一样，陈铎一直是那种让人觉得稳重的淡定样子，齐敏书明显更冷肃一些。

周诣看到照片旁有齐敏书的介绍，这人居然跳了十二年的古典舞。

屏幕再次滚动，齐敏书的照片已经消失，周围所有人却仍在议论陈铎。周诣心里越来越焦躁，疑问纷飞，恨不得掰过陈铎的下巴问他：你和这人是什么关系？

但他知道这么做不合适。

现在他能做的只有安静，闭嘴装不在意，否则会让陈铎非常尴尬。

下一位学长上台演讲，调了半天话筒，最后急得一嗓子对着话筒吼出来："大家好！我的演讲主题是抵制校园暴力！"

第三章 失控

周诣有点儿感到无语地撇了撇嘴，真俗。

"学弟学妹们，我们有多种阻止校园暴力的方式，例如学校管理层可以实行新的扣分制度。如果有人欺凌同学、打架斗殴，校方可以扣除其学分，严厉处罚。若学分被扣至零，则对该学生劝退休学。

"建议老师家访施暴学生，查明其原生家庭是否存在问题，导致学生性格狂躁崇尚暴力，借以欺辱同学发泄情绪，课间也可以为他们做心理辅导……"

周诣听着听着都犯困了，开始纳闷台上这人到底是不是从十中毕业的，因为他那套方法压根儿行不通。

"最后，我希望同学们能明辨是非，不要因陷入盲目斗争而失去理智。青少年打架斗殴是青春期的不正常行为。

"男生之间进行肢体互殴行为极易受伤，望同学们周知。"

周诣已经没心思听这人在说什么了，因为几乎所有人都把视线放到了陈铎身上，有人甚至朝这边砸矿泉水瓶。

"暴力狂有脸坐在这儿？齐敏书的照片都挂在上头了，他还一点儿反应都没有。马问山怎么就没揍死他？"

"他怎么还不滚蛋？脸皮也太厚了吧。校园暴力就是拐着弯说他呢，他居然没听出来。"

"人家齐敏书怎么他了？好心拉架，结果呢？他以前被全校学生孤立，我还觉得他可怜，没想到看走眼了。"

"我见过陈铎他妈，确实漂亮，但是对亲生儿子不好，后来再婚还领养了一个女孩儿。"

周诣轻声说道："挺吵的。"

"嗯，"陈铎闭上眼睛，声音是从未有过的疲累，"很吵。"

周诣看着陈铎的侧脸，现在才真真正正地明白，他的承受能力有多强大。

四周全是刻意压低的骂声，无数张嘴在随意吐出恶言，越来越多不明真相的人被影响。陈铎的脸色却依然平静。

陈铎平静到让周诣感觉，陈铎三年前就已经被骂到麻木了。

周诣一直保持着沉默，他在等陈铎亲口对他说："别信他们。"

但是陈铎没有开口。

直到演讲结束，众人散场，陈铎也没再说过一句话。

回寝室的路上，周诣跟在陈铎身后，心里沉闷得难受，像是被什么东西压得快喘不上气了。

陈铎一进寝室就立刻深呼吸，周诣清楚地看见他的指尖在发抖。

周诣知道陈铎现在需要一个人待着，于是避进厕所，看着窗台上的小木槌出了一会儿神。

外面越来越静，十分钟后，什么都听不到了。

周诣后背乍寒，冲出厕所，寝室里空无一人。他立刻推开门去走廊上，心脏骤然一停。

陈铎的上半身已经翻出了栏杆。他双脚离地，腰悬在半空，重

第三章 失控

心稍一不稳就会从楼上掉下去。

周诣猛地上前拽回他,果断地往他脸上甩了一巴掌,喊道:"清醒没有?"

陈铎跟失了魂一样,面无表情地走进寝室,又坐在床上开始不断深呼吸,一次接着一次。

周诣没跟着进去,留在了走廊里。

陈铎刚才没想死。他的动作是定格的,手无力地垂在半空中,像是在尝试究竟要翻出栏杆几米,才有可能拉住另一个……坠楼的人。

屋里窒息的氛围扩散到走廊上,周诣都有点儿喘不上气了。这会儿陈铎的心情坏得很,周诣不想给陈铎添堵,忍着脾气没出声。

他拿出手机,查了查三年前闹上新闻的那起校园事件。他其实早就知道了,但一直没兴趣查。他见过太多这种破事,已经变得很麻木。

网上流传的版本和学校里的流言一样。齐敏书作为舞蹈生被十中的男生们孤立,马问山处处帮扶着他。陈铎入学后为了争夺校园一哥的地位和马问山展开争斗,齐敏书夹在中间进退两难。最终,陈铎和马问山在校外大打出手,齐敏书情绪过激,不慎从楼上失足跌落,重伤瘫痪后离开了这座城市,从此再也不能跳舞。

自此,齐敏书以悲剧结束,陈铎生不如死的日子降临。

周诣看完网上的内容之后毫不犹豫,直接一个电话打给韩昭。

趁电话还没被接通,周诣往寝室里看了一眼。陈铎的脸上已经不是平时那种淡定表情了,活脱脱就是一个僵冷的死人。周诣甚至看不到他的胸膛有呼吸起伏。

"喂。"电话通了。

"陈铎是不是有心理疾病?"周诣上来就劈头盖脸地问,"他是控制不住情绪还是怎么?"

韩昭闻言便突然沉默下来,周诣不耐烦了,说:"那个叫齐敏书的人,跌下楼到底是因为拉架情绪过激,还是因为什么别的事?"

"陈铎才是救人的那个,对不对?他想抓住齐敏书的手,但没来得及?"

"说话。"

韩昭深深地叹气,说:"心理疾病倒不至于,陈铎只是情绪失控罢了。而且……这件事是他的秘密,我没法儿跟你说。如果他没主动跟你提起齐敏书,就说明他没有完全信任你……不认为你能保守秘密。"

周诣忍住情绪,理智地说:"你直接告诉我现在怎么解决,他的情绪快失控了。"

"让他一个人待着,"韩昭的声音很疲惫,"你别烦他,别去安慰他,他自己能调整过来。"

"挂了。"

"等等,"韩昭急着说,"我跟你说件事,你要是真想跟陈铎一块

第三章 失控

儿玩,最好提前有被说闲话的心理准备。陈铎知道怎么护着朋友,不会让你也被人说三道四的。如果他哪天当众故意疏远你,你别往心里去。"

故意疏远我?周诣眉头一皱,突然想起那天运动会,自己想帮陈铎系鞋带,不过是举手之劳的小事,陈铎却扭扭捏捏,很反常地拒绝了。

因为观众席上全是人。

"唉。"周诣有点儿不知道该说什么好。

这个年纪的男生心思这么细,得是受过多少罪才能敏感成这样?

他又朝宿舍里看了一眼,陈铎的情绪差不多已经稳定下来,脸色也没那么难看了。他走进去,刚想说话,陈铎就先开口:"周哥。"

"啊?"周诣有点儿愣,第一次听陈铎这样叫他。

"糖,"陈铎摊开空空如也的手,问,"有吗?"

周诣掏了掏裤兜,今天吃午饭的时候正好在小超市买了两根,他递给陈铎,问:"荔枝味和草莓味的,要哪根?"

"都要。"

周诣浅笑了一下:"给。"

"谢谢,"陈铎的声音低低的,"谢谢了,周哥。"

韩昭这边挂完电话之后,径直打车去了市医院。

他推开病房门,走到床边坐下,低声说:"陈铎的情绪又崩溃了。"

马问山抿了抿嘴唇,结结巴巴地说:"不是……一年没……事了吗?"

"谁和你说一年没事就等于放下了?"韩昭的脸色极差,"刘毅的那些话,陈铎肯定听到心里去了,今天在学校又有人刺激他。"

韩昭骂了句脏话,又说:"你自己造的孽,他替你和齐敏书把黑锅全背了,挨骂三年他能不憋屈?你心里是真没点儿数,陈铎因为谁才忍气吞声的?你以为是你?"

马问山闭上眼睛,说:"齐敏书……离开了,不能……臭了名声。"

"对,离开这座城市的人不能臭名声,那陈铎呢?陈铎这个还留在这座城市的人呢?你带头孤立他一整年,他怎么熬过来的你不清楚吗?"

"清楚……他……洗过胃。"

马问山紧闭着眼,以前躺在病房里,听见过陈铎被送进医院洗胃的消息,他真的是什么都敢往嘴里吞。

"你清楚什么?陈铎从重症监护室出来之后,瘦得让我不敢直视。"韩昭气得连牙齿都在打战。

马问山一张嘴,就被韩昭打断:"他当时连十七岁都不到,他不受欺负,谁受欺负?他半夜给我打了好几遍电话,我没接他就一直

第三章 失控

打,就跟把我当救命稻草一样。"

"他跟我说,他已经一星期没睡过觉了,骨头硌得他太疼了,他睡不着。"韩昭的喉头一阵哽咽。

"你希望我怎么……做?让我去……外面把事实说出来……让我给陈铎……澄清……"马问山花了很长时间才把这句话说完。

"陈铎说替齐敏书担着,就一定不会澄清了。"韩昭的声音一下子就冷了,"我希望你出院之后滚出这座城市,滚得越远越好,懂吗?"

马问山偏过头叹气,说:"我想想吧……我好好想想吧……"

晚上十点,网吧里,陈铎正在搬运新进的汽水。他蹲在饮料机旁边,用小刀拆箱。周诣在不远处看网课,时不时就瞥他一眼,看看他情绪稳不稳定。

运动会结束了,下一周就要期中考试,以周诣目前掌握的知识估分,可能刚过及格线。

考试科目里,他最愁的是语文,作文倒是没问题,关键是现代文阅读这部分,他每次做阅读脑壳都"嗡嗡"地响。

但是陈铎的语文很牛,这是周诣听很多人说过的。

周诣刚才查了查陈铎的中考成绩,直接跪了。全科一共才被扣九分,语文和英语作文都双满分。

周诣很庆幸自己的妈妈不认识陈铎,否则她必然叨叨个没完,动不动就"你看看人家陈铎"。

他学完了两个小时，暂停网课，去前台买水喝。

这会儿上网缴费的人挺多，周诣没仗着跟陈铎认识就耍特权，老实排着队去付钱。轮到自己前面这个男生付钱的时候，突然没了动静。

周诣探头往前瞅，男生保持着一个递钱的姿势，递的还是张大红钞票，但陈铎一直没接，就这么看着男生。

男生举在半空的手十分尴尬。几秒后，他掏出手机："我用微信付吧。"

陈铎什么也没说，把付款二维码拿到桌上。男生扫完码转身走了，一回头脸就垮了下来，羞到恨不得钻地洞。

周诣跨上前一步，低声问："找不开？"

陈铎低头敲了敲颈椎骨，说："不是，是假钞。"

周诣愣了愣，网吧光线这么暗，他是怎么看出来的？

"在这儿待久了就有经验了，"陈铎淡淡地说，"跟这群下九流的人来往，不会认钱的人基本上得被他们骗死。"

"啧。"

周诣从桌上拿起瓶汽水，陈铎突然拦住他的手，指了指旁边另一瓶："拿这瓶。"

"以后能不能别偷喝了，老板不揍你？"周诣翻了个白眼。

"我没喝。"陈铎无奈地说，"你拿这瓶能中奖。"

第三章 失控

周诣"哦"了一声,拿起汽水,拧开瓶盖一看,哟,还真是"再来一瓶"。

"这两瓶你都拿了吧,"陈铎把另一瓶汽水递给他,"划算吧?"

周诣笑了笑:"谢了。"

他无端觉得陈铎的这一连串行为有点儿有趣。

网课结束之后,周诣一个人回到寝室,躺在床上打开手机,本想给陈铎发条微信。字打到一半,悬在键盘上的手指却蓦地顿住了。

他的直觉告诉自己,陈铎这晚可能不会看微信,也可能早就把手机关机了。

刚闹完演讲这一出,赶着去跟他"热情"交流的傻帽儿肯定不少,那些人言语伤人的技术有多娴熟,周诣已经在综合楼见识过了。

点进学校的群聊一看,果然,大家都在议论陈铎,周诣划了一下手机屏,发现大家的观点仿佛被某个群体牵着走一样,说出来的话都很相似。有人带头起哄,有人煽风点火,连漠不关心的人都占少数,众人你一言我一语,把陈铎贬损到泥地里,巴不得这座城市再离开一个人。

周诣光看几句话就感到触目惊心,他关掉手机,强迫自己忘掉这些话,盖上被子蒙头睡觉。

期中考试这天,周诣百年难得一回地紧张了。

111

明明复习的时候心态很轻松，真上了战场他却紧张得发虚汗。他也不是单纯的紧张，多少还带着些期待。

他很想知道自己初中的学习天赋有没有延续下来，也想知道这些天在自习室学到空无一人的付出到底有没有成效。

很多人在等他的这次成绩，父母、姐姐、学校领导，还有那些看不起他回来复读的人。他失败不起。

后桌的女生戳了一下他的后背，小声喊道："周诣。"

周诣冷着脸转过头。他还没看完错题本，如果这女生是想跟他商量传答案，他立刻把错题本塞她的鼻孔里。

女生有点儿不敢跟周诣讲话，因为他看起来好凶，她结结巴巴地说道："你……你能……帮我传个东西吗？"说完立刻把头低下去。

周诣手上开始卷错题本了，皱着眉问："答案？"

"嗯……一封信。"女生从桌子里掏出一封皱巴巴的信，递给他说，"就……给你舍友……就行。"

"我的舍友有五个，你群发情书吗？"

女生连忙摆手，说："不是！不是情书！是一封感谢信。哎，你只给陈铎就好了。"

周诣诧异地挑眉，问："你不怕他？"

他记得好像是个女的都挺怕陈铎的，即使陈铎压根儿没怎么跟女生搭过话。

"有点儿，但是他人很好。"女生错以为周诣也对陈铎有偏见，

第三章 失控

急忙解释,"他人真的很好,就……我们这些普通学生,很少有机会接触他,但他从来不打扰好学生,也不会把外面的麻烦带进学校影响我们学习,他什么都知道。"

女生的声音小了些:"但是班里好多男生说陈铎很凶,挺暴躁什么的,我们就有点儿怕他。"

周诣沉默了几秒,什么也没说,把她手上的感谢信拿过来塞进口袋,转过头继续看错题本。

女生在后面说了好几遍"谢谢",开心得不得了。

考试开始的时候,周诣深吸一口气,先擦了擦手心的汗,才提起笔做题。

选择和默写一直是周诣的强项。屋里第一个把试卷翻面的人就是他,动静有点儿大,很符合他那股又狂又嚣张的"土匪气质"。

然而做到文言文阅读时,他还是卡壳了。

文段实在太长了,周诣看着试卷上这么一大串文言文,脑袋隐隐作痛,只能一个字一个字地啃。

他啃到一半,屋里有个人率先翻页,声响大得跟放炮似的,还挑衅地瞪了周诣一眼。

周诣毫不客气地瞪回去之后,低下头接着啃。

挺过文言文阅读的部分,周诣迎来了高光时刻。他就看了一眼作文题目,连草稿也没打,直接提笔上阵。

知返

他中考那会儿，花了很长一段时间才彻底把高分作文套路摸透：老师爱看什么样的，他就写什么样的；题目适合什么文风，他就写什么文风。

只要周诣的笔里还有墨水，他就能气定神闲地在试卷上乱写一通。

作文写完刚好打铃，收卷的同学猛得像条疯狗。周诣感觉一阵飓风在他脸上扇了个大嘴巴子，试卷瞬间消失，连答题卡都没来得及检查。

下一门科目考理综，周诣没时间上厕所，忍着尿意，争分夺秒地看课本。然而考试卷子传到手里之后，他一看——高一选修？！

他没日没夜地补网课，辛辛苦苦地抓课堂，还把必修的课本翻破了六个窟窿，结果考选修？！

周诣怒火上涌，从前的暴脾气瞬间解除封印。他"咚"的一声一拳捶在桌上，监考老师正在喝茶水，结果手一抖，灌进了一大口，差点儿呛着："怎么了？周诣，你干什么？"

周诣一边鼓掌一边大喊："好题！好题！"

"嘻，这有什么好激动的？"老师把茶叶从牙缝里抠出来，"我出题的水平也就一般般啦。"

"咚"！

"你又怎么了？什么毛病？再敲桌子，就判你全科零分！"

周诣气得尿意全无。让他愤怒的不仅是卷子，还有屋里这群废

第三章 失控

物同学，一个个蔫蔫地趴在桌上睡觉，在他们眼里选修和必修压根儿没区别，反正都是两个字——不会。

这种充斥着颓废的负能量环境，对人的上进心来说，是一种无比猛烈的打击，就像往热血上泼冷水。

周诣感觉全身的劲儿一下子被抽没了。原来他的努力在别人眼里这么可笑，这么不值一提。

周诣真是受够了这群人，从他们身上看不见一点儿少年应有的意气风发，十七八岁的身体里，没能装着倔强坚韧和无畏，却容得下心甘情愿的平庸。

考试一塌糊涂，周诣的心情很不好。他出考场的时候，浑身带着一股浓浓的戾气。

但他都烦成这样了，还得去给陈铎送感谢信，真憋屈。

周诣直接走进高三教室，几个人眼神不善地瞪了他一眼，但是没敢让他滚出去，一是因为他的面相凶，二是因为他的小臂肌肉太结实了，有种起码干了百十来场架的气势。

其实周诣的年纪也比他们大，他十八岁生日早过了，已经是个能随意出入网吧的成年人了。陈铎没在教室里，但他跟周诣说过自己坐在哪儿，倒数第二排靠窗的位子。

周诣坐到椅子上，打量了一圈教室，真够乱的。

这班看着就不像高三的，桌上没书、没试卷，除了纸飞机就是汽水瓶。

知返

　　周诣移开视线，低头看了看陈铎的桌子里，全是喝空的汽水瓶，一本书都没有。

　　里边还夹杂着信件之类的东西，落了厚厚的一层灰，陈铎压根儿没打开看。里边别人亲手做的巧克力球都化成一摊液体了。

　　陈铎从前门进教室，一眼就看到周诣的脑袋从自己的桌洞里探出来。

　　周诣恰好抬头，他一边盯着朝自己走过来的陈铎，一边打开感谢信，清了清嗓子，字正腔圆地念道："你是三月的清泉，你是六月的骄阳。啊！感谢你！我敬重的陈铎学长。"

　　陈铎低头活动了一下颈椎，哼笑了一声，任由他在那儿胡闹。

　　"感谢你出手相助，感谢你的怜悯与慈悲！"

　　"从我的桌子里拿的？"陈铎扫了一眼他手上的感谢信，"还是别人托你送的？"

　　周诣嗤笑道："高二的小妹妹写给你的，都快开考了，还惦记着感谢你呢。"

　　"嗯。"陈铎轻轻笑道，"考试怎么样？"

　　"别问。"周诣的脸瞬间黑了，"再问绝交。"

　　陈铎"哦"了一声，说："明天下午放假。"

　　"想约我出去玩就直说，"周诣挑起眉，"准了，去哪儿你定。"

　　陈铎无语地看着周诣，他真是越来越不知道"尴尬"两个字怎么写了。陈铎想了想，说："看电影不陪，逛街免谈，篮球场和电玩

第三章　失控

城二选一。"

"电玩城吧。"周诣说。

"好。"

下午考完英语和数学，期中考试结束，周诣鼓起勇气给自己估了估分。

数学没什么大问题，就是英语有点儿不行。

周诣复读以来一直没学好英语。教英语的秃瓢老头儿发音很诡异，他甚至觉得有时候这个老师在念爪哇语。

估完分之后，周诣的心态彻底完蛋，大晚上的他在天台上吹了三节自习课的冷风，带着一身烦躁气息回到寝室，推开门，没想到来了一个"惊喜"。

哈！地上全是水，陈铎在拖地。

周诣看见墙角有个爆裂的暖壶碎了一地，皱眉问："怎么回事？"

"刘畅上午接的水温度过高，炸了。"陈铎不咸不淡地说。

"那他就不管不顾地直接走了，留给咱们俩收拾？"

陈铎抬头看了周诣一眼，一副"不然呢"的表情。

"不是，这小子什么意思啊？"周诣简直要被气笑了，"他皮痒是吧？"

陈铎没有发表意见，拎起拖把进了卫生间。地上湿漉漉的，还有水坑，周诣走路跟跳芭蕾似的，踮着脚一步一步走到床边，连脱下来的鞋子都没舍得往地上放，直接摆在了旁边的柜子上。

陈铎接着从厕所出来。周诣翻了个身，脸朝下趴着看他，问："你没去上班？"

陈铎用小槌子敲着脖子，说："网吧今天没营业，老板家里有事。"说完，他提醒道，"闭眼。"

"嗯？"周诣看着他，没明白。

陈铎用手指理了理衣领，说："厕所里排气扇坏了，味挺大，我在这儿换衣服。"

"都是大老爷们儿，你害羞个什么？"周诣把眼睛闭上，"赶紧的。"

陈铎换完衣服，上床的时候没爬梯子，两只手抓住护栏直接翻了上去，利索又迅速，看起来特别轻松。

周诣看着他这一串帅气的动作，想起闹鬼那天晚上，他就是这样翻下来的。

陈铎躺到床上，闭眼又睁眼，轻轻地说了一句："晚安。"

周诣嘴角上扬，"嗯"了一声，低声说："晚安。"

第四章
纸星星

期中考试结束这几天,各班学霸总在课间乱窜对答案。周诣从厕所出来,看着走廊上一群拿着试卷的同学,有人兴奋到劈叉,有人气得挠墙,忍不住笑了笑。

这份不加掩饰的直率学生气让他很是怀念。

果然人在社会里打拼久了,回到学校后,还是会觉得当学生更好。

下午放半天假,陈铎出校门的时候,肩上难得挎着书包。周诣冲他吹了一声口哨,他却跟耳背了似的,一点儿反应都没有。

周诣想起韩昭说的那件事,陈铎大概又是在当着别人的面疏远他,怕他被说闲话。

陈铎出校门后拐了个弯,周诣心领神会地跟在他后面,和他保持着一段距离,没出声说话。

周围的学生变得寥寥无几的时候,陈铎才停住脚,转头诧异地说:"你知道了?"

"嗯,韩昭跟我说了,"周诣笑了笑,"说实话,有点儿多此一举。我就是一个在闲话堆儿里长大的人,你用不着这样。"

陈铎也笑了笑。跟他玩的人或多或少会被传闲话,也经常被怀疑性格暴躁,葛赵临和韩昭就是例子。

葛赵临第一次听别人说陈铎揍过自己的时候,发了很大的脾气。他倒不是气这句谣言,而是气凭什么是陈铎揍他。

他觉得自己跟陈铎站一块儿,明显自己的"武力值"更强。

学校不远处就有直达电玩城的公交车,到了目的地,陈铎去前台兑换游戏币,周诣扫视四周一圈,第一眼看见的就是那台大到夸张的拳击测力机。

陈铎走到他身边的时候,也顿住了脚步。

两个大老爷们儿对视了一眼,二话不说,冲上去疯狂投币。

"Game start(游戏开始)!"

周诣戴上拳套,两手对撞了一下,侧过身对着拳靶屏气蓄劲儿,转身的同时猛地一拳就砸了上去,六个灰键极速攀升,连续亮灯,一拳"爆表"!

陈铎看着非常痛快。

周诣那一拳吸引过来不少人,但好在没把管理员吸引过来。

第四章 纸星星

陈铎压了压髋骨关节韧带，一记扫腿重击在靶子上，六个刚灭掉的键又瞬间全亮，仪表显示的成绩也比周诣那一拳好了不少。

"耍赖呀你。"周诣笑着骂了一声。

这一腿上段踢，十分迅猛，旁边两个小男孩儿吓得爆米花都撒了。陈铎戴上拳套又砸了两次，分数果然比不上那一记凌空扫腿，而且姿势还没扫腿看着帅。

六个亮键依然没灭，周诣感觉没什么挑战性了。他把拳套卸下来，想去玩个温和点儿的东西，于是对陈铎说："去抓娃娃？"

陈铎递给他一把硬币。

周诣挑了个有骷髅玩偶的机子，投币以后晃了两下摇杆，果断下钩，抓起玩偶刚过四秒，爪子就自动松开了。

"坑钱的玩意儿，"周诣一边骂一边又投了币，"别让我跟你急。"

陈铎看完他刚才的摇杆动作和下钩角度，不忍心让他再浪费钱了，问："你想要几个？"

"七个。"

周诣第二次下钩，依然没抓到。

陈铎替周诣投了第三个币，然后夺过他手里的控制杆，随意地甩了两下钩，用一种他认为非常鲁莽的方式下钩，结果很准地钩住了一个玩偶上的带子。

陈铎把钩子朝洞口轻轻一甩，爪子松开的同时，玩偶稳稳地掉进洞里。

周诣:"……"

"教教我。"他立刻说,"你肯定练过。"

说练过还有点儿谦虚,陈铎那模样轻松到连清空机子都不在话下。

而且特别让他生气的一点是,陈铎抓娃娃的动作特别简单,他没从中看出任何技巧。

陈铎淡然地说:"运气好而已。"

"算了,教了我也懒得学,"周诣提起玩偶看了看,兴奋地说,"再抓六个,凑成七个葫芦娃。"

"然后拿根藤挂起来?"陈铎笑道。

他投进六个币,又用那种周诣觉得鲁莽的方式下了钩,且又轻松地抓到了娃娃。

周诣叹了一口气,陈铎跟网上的大神一样,看着几乎没什么技巧,但人家就是一抓一个准,让人产生一种纯粹运气逆天的错觉。

陈铎最后一次甩钩失误,玩偶没掉进洞里。周诣抱着六个玩偶欢天喜地。

临走前,周诣看到旁边有换装娃娃机,无端想起陈铎那长得跟芭比娃娃似的妹妹,随口问道:"你妹妹是不是喜欢换装娃娃来着?"

陈铎看了一眼机子,说:"以前给她夹过,给她的时候她挺高兴,我一走她就扔垃圾桶里了。"

第四章 纸星星

周诣"啧"了一声,问:"嫌给她掉价?"

"嗯,她怕说出去被人看不起,非得去专柜买。"陈铎无奈地笑了笑。

离开电玩城时天色还早,两个人没坐公交车,肩并肩地往回走。周诣晃荡了一下手指上挂着的玩偶,问陈铎:"老板家里的事处理完没?"

"没有,她爷爷去世了,"陈铎说,"这一周都不上班。"

周诣"哦"了一声,说:"沙发你能不能将就下?我家就一张单人床。"

"随便,时间早就不留你家睡了,我很久没回家了。"陈铎说。

自从秦弦被父母赶出来,借住进陈铎家之后,他就没再回去过了,不是睡寝室就是睡网吧。

因为秦弦有时候会带朋友回家,很闹腾。陈铎喜欢安静,被折腾得受不了。

"行。"周诣答道。

周诣家里很空旷,只摆了几件必用的家具,墙角堆满了鞋盒,虽然房子面积不大,但胜在干净整洁。

"咱们吃外卖还是自己做?"陈铎问。

周诣把几个西红柿从冰箱里拿出来:"菜都买好了,你说呢?"

陈铎往厨房门口一站,挑眉说道:"你会做饭?"

"会,"周诣低着头洗菜,说,"甜点也会。你生日是哪天?蛋糕我包了。"

陈铎说了声"谢谢",又说:"不用,我不爱吃甜食。"

"哦,"周诣突然想起个事,问,"陈铎,你今年什么时候过生日?"

"快了,下周四生日。"陈铎说,"你早过了吧。"

周诣笑道:"小崽子,叫声'哥'听听。"

陈铎懒得骂他,看了他手上的菜一眼,问:"用我打下手吗?"

周诣想了想说:"帮我熬红豆汤。"

陈铎"哦"了一声,找了条围裙系在腰上,提着锅去盛豆子。

周诣无意间瞥了他一眼,顿时一股艳羡感油然而生。

他其实早就觉得,陈铎凭外形条件当个淘宝模特儿或者酒店迎宾都绰绰有余。

陈铎系上围裙之后,身材优势更明显了,宽肩窄腰长直腿,肌肉线条不夸张,属于那种看着就安全感十足的体形。

十分钟后,陈铎的红豆汤熬出味了,周诣看着他平静的侧脸,心里无端产生一股幸福感。

他现在特想拿上大喇叭,站在学校天台上吼一嗓子:"都来我家看看!看看!你们的校园一哥在给我熬红豆汤!还穿着我买的小樱桃围裙!"

陈铎把菜端到客厅的时候,周诣已经迫不及待地坐在桌前等着

第四章 纸星星

吃饭了。

陈铎看着他这副着急的样子，没忍住，偏头低笑了一声，周诣听见动静，抬头看见陈铎的酒窝。

"你的酒窝是天生的吗？"他问。

陈铎愣了愣，问道："什么？"

周诣戳了戳自己的脸颊，认真地问："酒窝，你从小就有吗？"

陈铎看着周诣，有点儿无语地说："你这不是废话吗？"

"我以为这玩意儿可以人工制造。"周诣脱口而出。

陈铎懒得搭理他。

这几天忙着考试，今天又去电玩城玩了一下午，两个人累得吃完饭没多久就去睡觉了。

周诣醒来时，已经是清早六点，此时陈铎正要去厕所洗漱。

周诣掀开被子下床，趁着陈铎去洗漱，飞快地下楼去买早餐。

陈铎洗漱完出来的时候，周诣正好提着豆浆、油条回来。他咳嗽了一声，对陈铎说："吃完再上学。"

两个人面对面吃早饭，周诣想尽量显得自然些，于是低头看手机，这不看还不要紧，一看激动得咬了舌头。

周诣吐着舌头囔囔："我才考了第二十六名？"

"全班第二十六名？"陈铎抬头看向他。

周诣满脸烦躁表情，把手机按灭了，说："全校。"

知返

　　陈铎"哦"了一声。他也觉得排名低。

　　十中没几个学习的人。他和周诣这种初中就考全市前五名的人，如果在十中都拿不了全校第一的话，就和考零分没区别。

　　周诣不说话了。他没有考试失利就跟别人抱怨的习惯，不行就是不行，怎么找理由，成绩都明明白白地摆在那儿。

　　到学校进教室的时候，果然不出周诣所料，全班没有一个人在谈成绩的事。

　　周诣怀疑他们压根儿不知道出成绩了。

　　该打游戏的人还在打，该吃早饭的人还在吃，后排一群人集体吃了韭菜馅饼，屋里一股味熏得周诣想吐。

　　他坐到座位上，看着自己惨不忍睹的试卷，开始一门一门地写成绩分析。

　　理综考砸就考砸了，英语考砸也在他的意料之内，但数学比估分还低就说不过去了，语文也是除了作文之外没眼看。

　　周诣写到一半心态崩了，把笔扔了。他必须先把心里这些杂七杂八的烦躁、憋屈、迷茫和不服气的情绪都一一调整好，才能心甘情愿地承认自己是个蠢货。

　　手机振动一声，陈铎给他发了一条微信："补课。"

　　周诣："你给我补？"

　　陈铎："理综、英语，可以；语文，滚。"

第四章　纸星星

周诣："你高二学习了吗？咱们的水平半斤八两。"

陈铎："自学。"

陈铎又接着发过来一条消息："我从来没放弃过。"

周诣对着屏幕笑了笑，发过去一个"厉害"的表情包。

中午一放学，周诣就被班主任叫去了办公室。他本来觉得自己这次考试成绩烂如泥，但没想到的是，老师们居然还挺满意他这次的成绩，说他刚回来复读没多久，能考成这样已经很优秀了。

周诣没敢反驳他们，怕被认为是在虚伪地说套话。

在食堂吃饭的时候，陈铎提起补课的事："你哪科没考好？"

"英语、化学，"周诣顿了顿，补充，"还有语文。"

他这次是靠一篇作文撑起了整科语文成绩。

陈铎"哦"了一声，说："补前两门吧。"

"你的语文不是挺牛的吗？"周诣问。

"语文提分太慢，懒得给你补。"陈铎说。

他跟周诣都是理科成绩突出，补物理比补语文更轻松一些。

周诣还没来得及开口说话，突然感觉右脚被踩了一下。其实说"踩"都有点儿客气，这力道明显是故意的，对方铆足了劲儿在踹他的鞋。

他把筷子放下，往椅背上靠，抬头去看是个什么人。

那个男生留了一头板寸，长着极具特色的下三白眼，戴着学生

知返

会纪检部的徽章——学校里出了名不好惹的人，姜辉。

陈铎抬起眼皮，懒懒地瞥了男生一眼。

姜辉在周诣的鞋上踩完一脚，什么也没说就想走。陈铎头也没回，直接往后一伸胳膊就抓住了他的手腕，准确无误。

陈铎甚至还在低着头吃饭，平淡地说："道个歉再走。"

姜辉挣了几下手腕，没挣动。他被迫转过身来，指着周诣骂："他把脚放在那儿绊我，我踩他的鞋不是很正常？"

周诣硬是被这话给气笑了，说："你这脸盘子可真够大的。"

姜辉翻了个白眼，说："谁能比你脸大？期中考试作弊有用吗？高考还不是考不上大学。"

陈铎嘴里的饭越嚼越慢，他搞不懂这男的为什么喜欢在别人吃饭的时候找事。

他突然抓住姜辉的手腕站起来，不耐烦地说："别道歉了，跟我走，赶紧。"

姜辉急忙往后仰，连声说："道，道，道！道歉，行了吧？"

他转过头，语气恶劣地对周诣说："对不起，'作弊精'。"

周诣"哦"了一声，却没有生气，冲他挥了挥手，示意他可以滚蛋了。

姜辉一边骂一边离开。陈铎淡定地坐回来接着吃饭，又看了周诣一眼，揭穿了他："'作弊精'这个词，让你很满意是吧？"

"哎，我没把'高兴'这两个字写脸上吧？"周诣笑了笑，"我一

128

第四章 纸星星

直觉得这词是用来夸人的。"

因为通常只有他的成绩好到让人不服气、忌妒和心理不平衡的时候,别人才会"夸"他一句"作弊精",对没有作弊的人来说,这确实是个赞美的词。

下午快放学时老师拖了堂,周诣到自习室时已经有些晚了。陈铎坐在提前占的位子上,正在帮葛赵临打单子。周诣在他旁边坐下,非常懂事地没有出声打扰他。

五分钟后,陈铎打完了单子,捏着脖子说:"看一下试卷。"

"哦。"

周诣把化学和英语卷子拿出来给陈铎,至于语文,他就不太好意思拿出来了。他文言文阅读那部分几乎全错,答案写得一本正经、天花乱坠,却完美避过了所有的得分关键词。

陈铎仿佛知道他那小心思似的,淡淡地说:"语文。"

周诣犹豫了一下,还是把试卷给他了。

陈铎看完一遍卷子,非常给面子地没有笑出声。但周诣看到他抿了一下嘴唇在忍笑,嘴角旁陷下去一对小梨涡。

"那两个小的出来透气了,"周诣盯着梨涡,挥手打招呼,"嘿,小家伙。"

陈铎翻试卷的动作僵了一秒。

"你是不是对我这四个坑很感兴趣?"陈铎清了清嗓子,有些

知返

尴尬。

"我头一回见一个男的能同时集齐梨涡和酒窝，"周诣往后一仰，靠到椅子上，说，"而且还是你这种男的。"

陈铎噎了一下，不知道说什么好。

"你打架的时候可千万别笑。"周诣想象出一个画面，"你一笑，气势全崩了。"

陈铎瞥了他一眼："有完没完？"

周诣闭上嘴，往前挪了挪凳子，趴在桌上开始做题，陈铎在旁边帮他分析成绩。

拿透明胶粘错字的时候，周诣忽然想到个好玩的东西，牵起陈铎的手腕，把胶带一圈一圈地往陈铎的手腕上缠。

陈铎抬起头，面无表情地看着他，眼神里警告的意味很浓。

周诣把胶带绕过自己的手腕，缠了一圈，和陈铎绑在一起，然后继续缠。

陈铎懒得理他这种幼稚行为，转头改试卷。

然而下自习铃响后，陈铎一下子反应过来，周诣的脸上也是一片尴尬之色。

陈铎抬起两个人的手腕，厚厚的透明胶缠得很紧。他的声音甚至有些发抖："头儿呢？你最后粘哪儿了？"

他往周诣的肩上捶了一拳，生气地说道："你瞎粘的？！"

周诣努了努嘴，小声说："咱们像不像连体婴儿？"

第四章　纸星星

"像两个蠢货。"陈铎说。

周诣跟没事人似的,继续抬起右手写字,陈铎的左手也被迫抬了起来,脸色臭得要命。

周诣见他真不高兴了,就哄了几句。

后桌的两个男生早看见他们的幼稚行为了,趴在桌上捂着肚子憋笑。

周诣说:"去小卖部买剪刀。"

"咱们出去买?你疯了吗?"陈铎又捶了他一拳,"你想让全校人都知道咱们绑着手散步?"

周诣"哦"了一声,想想也是。

于是他们就这样手背贴着手背,一直贴到葛赵临帮忙买了剪刀过来。葛赵临一看他们这傻样,"哈哈"笑了半天。

他这一"哈哈"笑,后桌的男生也憋不住了,三个人笑得前仰后合。

周诣想跟他们一起笑,但不敢,怕陈铎把他的中指掰断。

陈铎的怒火延续到了半夜。

周诣大半夜从床上起来,去厕所洗头,新剪的寸头痒得他根本睡不着觉。

周诣搞出的动静有些大,一边洗他那颗"卤蛋",一边哼歌。陈铎从床上直起身,吼了一嗓子:"欠打的玩意儿!"

周诣吼了回去:"我怎么你了?"

知返

"你把我吵醒了!"

周诣吹了一声口哨,说:"我乐意!"

"你看我明天抽不抽你!"

被子的窸窣声传来,周诣听见陈铎又躺下睡觉了,笑着喊道:"晚安,小陈。"

陈铎说:"滚!"

陈铎的生日即将来临,周诣觉得必须得送点儿特别的东西。

他苦思冥想,最后决定买个便宜实惠还非常有心意的礼物——六百六十六颗纸星星。

课间他去小卖部买星星时,正巧看到有两个女生在挑星星纸,五颜六色、花里胡哨的通通买了一遍,不知道的人以为她们要叠一座彩虹桥。

周诣发现有黑色的星星,但量太少,不够六百六十六颗,于是就全买了,又买了一些黑色的星星纸,叠了凑数。

他随手叠了一颗试试,丑得跟被门夹了似的,叠完他就扔进下水道里了。

下节课是体育课,还是和陈铎那个班一起上,周诣想先瞒着纸星星的事,就去了器械室里偷偷叠。

陈铎刚来操场就接到了一个电话,看清来电人的时候,无端有

第四章 纸星星

种不好的预感。

果然,他接通电话之后,对面的女人立刻崩溃大哭,哭声里还混杂着砸摔玻璃的声音。

"你就是个畜生!陈铎!你能听见吗?!你说话!我好害怕呀!你快说话!"

陈铎抿了抿嘴:"我在。"

女人的哭声更凄惨了,她嘶哑地吼:"陈铎,你接妈妈回家!我想回家,你来接我行吗?!啊——"

电话蓦地被对面的人挂断。

陈铎按灭手机,指尖不受控制地颤抖起来,深吸了一口气。

如果没猜错的话,她正在被家暴。

陈铎听见她哭,那哭声凄厉,他感到了一丝绝望,到底要让他怎么帮?他不是没管过,但不管他怎么做,到最后她还是会选择回到那个人渣身边。

他不明白为什么她总是只有在这个时候才能想起他,他不是她的孩子吗?为什么从小到大她都跟看不见他似的,只有出了事才会找他,一股脑儿地往他身上扔担子,从来不会为他想想,他一个人扛得住这么多事吗?

陈铎对着黑掉的手机屏幕叹气:"有人跟我玩了,让我好好过一次生日行吗?"下课铃响了,陈铎离开了操场。

周诣把手伸进裤兜里,摸着纸星星数了一遍。

他这一节课才叠了二十二颗,为了避免再叠出像是被门夹了的那种丑东西,每颗都叠得非常慢,不然他送不出手。

整个下午周诣都没出教室,不上厕所不喝水,争分夺秒地叠纸星星。晚上在网吧,他也是一边听网课一边叠,陈铎来上班的时候他才停下,还没忘记偷偷摸摸地把纸星星藏起来。

半夜三点,经过叠纸星星和上网课的双重摧残后,周诣很不争气地将脸砸在了键盘上。

邻座的男生吓了一跳,以为这兄弟熬夜猝死了,赶紧叫网管过来。

陈铎往这边看了一眼,把手里搬着的饮料放下,擦了一把额头上的汗,走到周诣这边,坐在他旁边的位子上。

周诣那台电脑还在播网课。陈铎从他头上摘下耳机给自己戴上,把网课倒放回去,帮他补刚才没跟上的笔记。

这两天周诣玩命叠纸星星,叠得小拇指头都没知觉了,他甚至熟练到可以一边闭眼睡觉一边叠。

离陈铎的生日还有一天的时候,实在是叠不完了,周诣只好让葛赵临帮忙想办法。

葛赵临灵机一动,联系了一串女性朋友。从小学同桌到上周刚认识的,他通通拜托了一遍,最后凑够了一百颗纸星星。

周诣拿到纸星星的时候,看着葛赵临磨破的嘴皮子,又心疼又

第四章 纸星星

想笑。

晚间自习室里,周诣叼着棒棒糖,正在叠最后六十六颗纸星星。他打完一个哈欠,困得泪花都飙出来了。

台上看班的老师听到打哈欠的动静,气呼呼地走过来,一掌拍在桌上,提醒他:"周诣!老实点儿!"

周诣懒懒地抬眼看了他一下,手上的动作没停。

老师劈手把周诣嘴里的糖夺走,扔到地上用鞋狠狠踩了一下,破口大骂起来。

周诣敷衍地点了点头,一边说"您教训得对",一边还在叠纸星星。

"你就是没个学生样!"老师拿起桌上的纸星星瓶,问,"这是什么?"

周诣往后仰,靠在椅背上,唱起了歌:"一闪一闪亮晶晶……"

"行,没收了。"

"哎,我……"周诣急忙住嘴,"我错了,我错了。"

老师把纸星星瓶扔回去,周诣动作狼狈地接住之后,小心翼翼地把瓶子放回桌子里。

将最后一颗纸星星放进瓶子里的时候,周诣简直要被自己感动哭了,坚信陈铎收到这一瓶纸星星后可能会被感动到当场给他磕头。

下晚自习后,周诣去了陈铎的教室,把两大瓶纸星星放进他的桌洞里。

　　这和那些小姑娘送的感谢信可不一样，这是周大爷熬了好几个通宵才叠完的，而且是他第一次亲手给别人做礼物。

　　周诣有点儿按捺不住兴奋劲儿，想回寝室跟陈铎提前剧透一下。结果他一推开寝室门就看见陈铎一动不动，坐在床边低着头沉思，像个打坐的神仙。

　　周诣突然有种预感，陈铎又要出事了。

　　每次陈铎维持不了淡定样子，情绪开始极大波动的时候，为了避免崩溃爆发，他就会一个人独处静坐，通过一次次深呼吸控制自己不要失控。

　　陈铎没有看他，连句应付性的招呼都没打。

　　周诣深深地看了陈铎一眼，什么也没说，径直去了厕所洗漱。

　　——我给你叠了好多颗纸星星呢，唉。

　　陈铎手里攥着手机，能感受到清晰的振动，又有三条新短信进来，发件人刚挨过打。

　　"那你让我怎么办？

　　"我又挨打了。

　　"我天天挨打。

　　陈铎面无表情地打字回了消息："你报警吧。"即使他这一次管了，以后这种事情还会发生。倒不如让她记住这次教训，彻底对那

第四章　纸星星

个人渣死心。

将短信发出去，他划了一下屏幕，心烦地将手机屏按黑。

陈铎非常搞不懂，为什么他总不能好好过一次生日。去年生日那天，他妈难得回了一次家，却不是来给他过生日，是找离家出走后被他收留的秦弦。

陈铎记得自己当时坐在沙发上，他母亲和秦弦在旁边吵架。

他有时觉得家里没有一个正常人，唯一正常的父亲早就猝死了，打工活生生累死的。

从周诣回寝室，到屋里熄灯，两个人都没开口说过话。

周诣仰面躺在床上，把胳膊搭在额头上，在一片寂静的黑暗屋子里轻叹了一口气。他其实挺想问陈铎到底出什么事了，但知道问了也是白问。

陈铎的偏执病严重到连跟朋友倾诉一下烦恼都不愿意。他习惯了自己担着所有事，因为周诣没有在他过去的人生里早点儿出现。

没人像周诣一样愿意主动听陈铎去抱怨、诉苦，甚至帮他分担苦难。

陈铎憋久了，自然就闭上了嘴巴。

周诣仔细地听了听陈铎的呼吸频率，他大概也没睡着。周诣犹豫了好一会儿，最后掏出手机给他打了个电话。

屋里没有响起电话铃声。陈铎睡觉时喜欢把手机静音，平时这个时间也没人给他打电话，因此枕边的手机一振动，陈铎下意识地以为是陌生的骚扰电话,就没接。

周诣没挂电话,很有耐心地一直在等,且一直没出声。

陈铎拿起手机一看,愣了好久之后,情绪有点儿复杂地按下了接听键。

"陈铎。"周诣的声音很轻,轻到只能从手机扩音里听清,寝室依然静悄悄的。

陈铎没说话。

"我不打听你碰到了什么事,我只想说,要是哭能帮你发泄一下的话,你别憋着。"

周诣用指尖一下一下地敲着手机屏幕。他没安慰过人,陈铎也没被人安慰过,他不知道这句话会不会很唐突。

"我,"陈铎的声音很平静,也很微弱,"烦。"

周诣闭嘴了。

陈铎这是在委婉拒绝他试图安慰的好意,他明白。

周诣非常懂事地没有再出声,陈铎也没有挂电话,轻声地说:"睡吧。"

"晚安,"周诣也没有把电话挂掉,"生日快乐。"

"嗯,生日快乐。"

早晨先起床的是陈铎。他这次没直接从上铺翻下来,难得很老实地爬了床梯,轻手轻脚地下床,没有把周诣吵醒。

第四章 纸星星

不过洗漱完之后,他还是坐在床边静默下来。

周诣感受到床边一陷,半梦半醒地从床上直起身,像个脑瘫一样呆呆地坐在那儿不动。

缓过神来的第一秒,他看向陈铎的眼神有些复杂。

他下床,刚要进厕所洗漱的时候,突然听见陈铎在身后闷笑了一声,说:"周哥,你掉东西了。"

周诣没回头,懒洋洋地问:"什么?"

"你身上掉星星了。"

周诣立刻回头看去,身后的地上掉满了纸星星,从他下床走到厕所,走一步掉一颗。

陈铎忍笑看着他,没再说话。

周诣有点儿尴尬地掏了掏裤兜,果然掉得没剩几个了。这些是废掉不要的纸星星,因为叠得丑,他就没放进瓶子里。

对陈铎这种智商的人来说,看到第一颗纸星星掉在地上的时候,他就肯定全猜到了。

所以周诣辛辛苦苦准备的惊喜,还没惊,就崩了。

"谢了,"陈铎蹲下把纸星星一颗一颗地捡起来,"还给你,当我没看见。"

周诣接过纸星星叹了一口气,说:"这些不是我要送你的,我送你的昨晚我放你桌子里了。"

陈铎"哦"了一声,问:"一共多少颗?"

"六百六十六颗。"周诣说。

陈铎笑了笑,说:"说实话,我都不会叠这玩意儿。"

"叠纸星星是小学生必备技能,你连个小学生都不如。"周诣翻白眼。

陈铎懒得大清早跟他打嘴仗,又扯了几句有的没的,把地上的糖果包装纸清理干净,离开寝室。

周诣到教室的时候有些早,教室里零零星星只有三四个人。他坐在位子上安安静静地刷陈铎推荐的题集。

果然中考状元还是有两把刷子的,陈铎分析试卷分析得非常准,题集很适合周诣。他跟着做了几天,效果显著,前天英语小测试,成绩提了不少。

但让周诣很气的一点是,每次他拿着错题去问陈铎的时候,陈铎都不愿意给他讲,表示这种东西基础到让人不知道从何讲起。

周诣很受打击。这是他平生第一次体会到被学霸嫌弃智商的感觉,以前都是他嫌弃别人,一边骂人家蠢,一边给人家讲题。

陈铎比他还狠,只骂他蠢,不给他讲。

中午周诣没在食堂里看见陈铎,角落那张桌子边空无一人。他猛地反应过来,不会这么快就出事了吧?!

他赶紧给陈铎打过去电话,快自动挂断前陈铎才接听,声音听着很疲惫,鼻音很浓:"说。"

第四章　纸星星

周诣愣了一下："你在睡觉？"

陈铎把脸埋进臂弯里，从胸腔里发出沉闷的一声"嗯"。

"不吃饭了？"周诣顿了顿，改口说道，"算了，我出学校给你买，吃不吃？一句话。"

"吃。"陈铎说着，捏了捏手心里的两颗纸星星。

桌上放了两大瓶黑色的纸星星，看着有点儿壮观。他手上拿着两颗在玩，前桌男生回过头，看了看纸星星，又看了看他，咧嘴笑道："什么人这么有心？"

陈铎没理他，自顾自地把玩着纸星星。

"送我几颗呗。"男生把手伸进瓶子里，抓了一把纸星星，"谢了，铎哥。"

陈铎看了他一眼，淡淡地说："放回去。"

男生"哦"了一声，不敢再跟陈铎耍贫了，老老实实地把纸星星放了回去。

第五章
回家

周诣来教室送饭的时候走路很急。陈铎以为他遇上事了,哪知道他一屁股坐凳子上,张嘴就开始笑。

"校门口有人干架了,煎饼馃子摊和油条摊那两个老板娘打起来了,片警都来了。"

陈铎面无表情地看了一眼他的手,哦,空空如也。

"看着真热闹。"周诣完全没意识到自己没买饭。

陈铎看着他满脸的兴奋表情,轻飘飘地说:"饭呢?"

周诣脸上的笑僵住了,他沉默地跟陈铎对视着,没说话。

炒面做好了,钱也给了,老板把面放桌上了,但他看得太起劲儿,迫不及待地想跟陈铎分享这份快乐,至于饭,忘拿了。

陈铎骂人的时候语气也很淡定:"你知道自己是个什么玩意儿吗?"

第五章　回家

"蠢货。"周诣替他接上了。

手机铃声响起，陈铎拿着手机站起来，说："我出去接。"

他早就预料到打电话的是谁，按下接听键，平静地说："你在哪儿？"

"没事了，没事了，妈妈到家了。"李昕莲又哭又笑，听着精神有些不正常。

陈铎心里突然涌上一股不好的预感，他问："你到的是哪个家？"

"我们家呀，"李昕莲抽了一下鼻子，"除非他来求我，否则这一次我死也不回那个畜生家了。"

陈铎的脸立刻沉了下去，他什么也没说就挂断了电话，飞速跑下楼打车回家。

他推开家门一看，李昕莲躺在地上一动不动。秦弦坐在沙发上也拿李昕莲没办法。

李昕莲看到陈铎回来，疯了一样从地上爬起来，扑到陈铎怀里，抱着他的腰嘶吼哭叫："你知道我多害怕吗？！你得帮我！不然我生出你来有什么用？！"

李昕莲一边哭一边捶打陈铎，眼泪和鼻涕都蹭在了陈铎的衣服上。

陈铎闭了闭眼，任由她捶打，没说话。

"明天跟我去火车站，"陈铎由着李昕莲发泄了一会儿，对她说，"你离开这里，躲远点儿。"

李昕莲抿嘴，有些犹豫地小声说："我跟他说了，我去找我儿子，就是我去……"

陈铎听到一半就愣住了，秦弦从沙发上蹦下来怒吼："你跟他说你找陈铎干什么？！他找来家里了怎么办？！"

陈铎捏着眉心对李昕莲说："现在就走，去火车站，赶紧的。"

"我的家在这里，我往哪儿跑？！"李昕莲用手指着陈铎，气得指尖发抖，"家里就你一个男的，你得替我出头，凭什么让我走？！你为什么不能去找那个畜生？！你也去打他呀！"这话说得理直气壮，她仿佛忘了陈铎是她儿子，是一个应该被母亲呵护的孩子，一个曾经被继父秦昊国打过很多次的孩子。陈铎对此内心也毫无波动，他早就对李昕莲这个母亲毫无期待了，对她而言，他只是解决麻烦的工具而已。

李昕莲刚说完，外面就有人"咚咚"地敲门了，敲击声非常大，明显在用拳头朝门上狠砸。

听到动静的邻居出来看戏，楼道里聚着满满当当的人。

陈铎看了一眼几乎立刻躲进卧室的秦弦和快要爬进卧室的李昕莲，忍着失望透顶的心情冷声说道："别出声，听到什么动静都别出声。"

等李昕莲把卧室门关上之后，陈铎打开了门。

几个高壮的男人堵在门口，带头的人看见陈铎后，嘴角渐渐勾起一个阴暗的笑容，目光越过陈铎落在卧室门上，用最低的声音幽

第五章 回家

幽地说道:"好久不见哪,陈铎。"

晚上十点,韩昭赶到医院的时候,陈铎已经被推去做检查了。

韩昭坐在医院的椅子上,手里的烟盒早就被攥扁了,偏偏医院还不让抽烟。

他干等了好几个小时,陈铎被推过来的时候,他才松了一口气。

陈铎一被推进病房,韩昭就立刻去了医院门口,拨电话的同时也在点烟。

赵建启一接电话,韩昭就怒吼道:"赵建启,你是不是找事?!"

"我一开始也不知道是陈铎呀。我能怎么办?我都拿人家的钱了。"赵建启骂骂咧咧,语气非常差,"你不接还不让别人接了?我不跑行了吧,我就坐在这儿等你过来,过来收拾我,来。"

韩昭皱着眉吐烟,什么也没说就把电话挂了。赵建启立刻又打电话过来,韩昭没搭理他,换了邓荣琦的号拨过去。

电话迅速被接通,对面的人语速很快地安慰道:"我知道了,我都知道了,你别急兄弟。"

"我头一回气得肝疼,真的。"韩昭叹了一口气,又问,"这两天能赶回来的兄弟都有谁?姓赵的这狗玩意儿就是欠收拾。"

"都回不来。"邓荣琦顿了一下,过了大半晌之后,试探性地犹豫着开口,"要不就……用周诣吧?"

韩昭烦躁地翻了个白眼:"王恺能愿意?他不得跟我绝交?周诣

145

惹事让学校再给开除一回就真没机会了。"

"王恺那边我担着，我给他打电话说清楚。"邓荣琦说完，挂断了电话。

韩昭吹着凉风抽完一根烟，回了医院去病房看陈铎。

陈铎因为背伤不得不趴在床上，这个睡姿压着胸腔久了会让人喘不上气，韩昭得隔一会儿就帮他调整姿势。

李昕莲的丈夫秦昊国也给韩昭打过电话，出的钱非常多，让他带几个地痞流氓去教训陈铎一顿，然后再把李昕莲带回来。

李昕莲被家暴之后四处痛哭，让秦昊国在他家附近的名声都臭了。人们一提起他，就骂他是个把媳妇打跑了的畜生。

韩昭手机上的短信收件箱都快爆了。陈铎被赵建启打的事传得很快，认识的不认识的人都一个劲儿地给他发消息，说要来看陈铎。

"看什么看？"韩昭狠狠按下关机键，骂了句脏话。

周诣自中午陈铎一去不复返后，连着给他打了二十几通电话。可他的手机一直是关机状态，他一晚上没来网吧上班。

周诣也一晚上没学进去。电脑屏幕上的网课在播放，但他压根儿没看一眼，满脑子都在想陈铎会不会真的阴沟里翻船了。

手机突然响起，周诣打了个激灵，连对面是谁都没看，就激动地接起电话。

第五章　回家

"我真是服了你了，"方际打了个哈欠，"我真是服了你跟恺哥了。"

周诣现在的心情岂是一个"烦"字能形容的？听到是方际的声音的那一刻他恨不得把手机掰了。

"有事没事？没事挂了。"

方际"哎哟"了一声："就这臭脾气你还念书，你念个什么书，你都回家了还得让老子过去给你背黑锅，呸，屄货。"

"我什么时候让你来给我背黑锅了？"周诣猛地反应过来，"怎么回事？好好跟我说清楚。"

"你不是要在那边打赵建启跟秦昊国？"

周诣好像明白了些什么，挂断电话后打电话给韩昭。韩昭没接，但给他发过来一个定位，是所医院，位置很偏。

他叹了一口气，明白陈铎果然还是出事了。

周诣用最快的速度赶到医院，推开门走进去时，陈铎正在趴着换药。

周诣的反应还算平静，毕竟他是见过不少这种场面的人了，但心里免不得有点儿发酸。

换药的护士离开后，周诣帮着韩昭给陈铎翻身。韩昭看了他一眼，刚想开口说话就被他打断了。

"赵建启，是吧？"周诣看着陈铎的背，面无表情地说，"行。"

韩昭见他答应就没再多说，疲累地挥了挥手，示意周诣照顾好

知返

陈铎，离开了病房。

周诣坐在病床边，给陈铎调慢一点儿输液速率，盯着他的脸看。

陈铎睡觉的时候表情依然没变，除了淡定就是平静。

不用给陈铎翻身的时候，周诣也没闭眼休息，硬生生熬通宵到早晨六点，眼白里生出了两根红血丝。

陈铎一睁眼就疼得要命，不是背上的伤，是他的脖子。

"哥，周哥，"陈铎咬牙切齿，声音嘶哑地说，"我脖子，疼。"

周诣反应慢半拍似的连着"哦"了好几声，赶紧帮他揉颈椎骨，问："我手劲儿大，这个力度行不行？"

陈铎酸到刺痛的骨头一下子就没感觉了，差点儿就让周诣给捏碎了。

"轻点儿。"陈铎心里简直想骂娘，这何止是手劲儿大，这人都能徒手掰砖头了。

周诣忍不住笑着"哎"了一声，手上的力度放轻了些。

"饿吗？"他一边揉一边问，"渴吗？"

陈铎摇头。

周诣不太会安慰人，陈铎更不需要别人对自己掉几滴心疼的眼泪，两个人保持沉默一会儿，周诣看了一眼他，开口的时候有些犹豫："你这伤得养一个寒假吧，回校之后离高考没几个月了。"

他话里有话。

陈铎"嗯"了一声，明了地说："想知道我的打算是吗？"

第五章 回家

"你肯定要走的吧。"周诣说。

换成他是陈铎,也一定是迫不及待地想离开这里的,离开这群歧视侮辱自己的人,离开这里的一切纷扰,去新的城市过新的生活。

"肯定,"陈铎没什么情绪地说,"没什么舍不得的人事物,那就走。"

周诣的语调有些沉了:"去哪座城市?"

"想这么早干什么?如果三模没过一本线就不走了。"陈铎觉察到周诣情绪有些低落,开玩笑地说,"不想让我走吗?"

"嗯,不想。"周诣也不知道自己这股勇气是哪儿来的,认真地说,"但我不想让你走和你必须走是两码事,你想去哪儿就去哪儿,别因为任何人改变你的决定。"

——反正你去哪儿,第二年我高考志愿就报哪儿。

陈铎"嗯"了一声,说:"好。"

陈铎得直起上半身才能吃饭,周诣把懒人桌放在病床上,悠着劲儿地把他提起来翻了个身,看了看他受伤的手,然后又像个保姆似的一口一口地给他喂饭。

陈铎一点儿都没有不好意思,非常自然地张开嘴"啊"了一声,周诣黑着脸给他塞了一嘴西红柿炒鸡蛋。

现在这个画面千万不能让方际看到,不然他肯定会建个微信群,拉一堆兄弟进来,直播"万年硬汉"周诣居然给人喂饭擦嘴,甚至不敢直视人家。

吃完饭周诣收拾桌子的时候,病房门被人打开了,陈铎看见一个起码有一米九高、浑身肌肉的壮汉走进来,连声招呼都没打就往这边走,立刻低声说:"出去。"

方际愣了愣,有点儿尴尬地挠了挠头。周诣回头一看才发现他来了,跟陈铎解释了两句,赶紧拉着他走出病房。

方际一到走廊上就震惊地说:"他就是陈铎?"

周诣"啊"了一声。

"不是,你是怎么认识他的?"方际连着"啧"了好几声,上下打量一遍周诣,"兄弟你赶紧去做个全脸整容成吗?我出钱。"

"皮又痒了是吧?!"周诣"啧"了一声。

"秦昊国那边情况怎么样了?"方际活动了一下手腕。

"韩昭让咱俩现在过去。"周诣说。

韩昭昨天就已经带人蹲在秦昊国家门口了,赵建启像条看门狗一样也带着人堵住路,不让韩昭踏进一只脚。

秦昊国这两天忙得焦头烂额,李昕莲坐火车跑了,他找不着人,邻居还一个劲儿地砸他家窗户,连他的祖宗都带着一块儿骂。

周诣跟韩昭打过招呼后,转身看了一眼赵建启。他以前其实跟赵建启打过几次照面,都是在别人的饭局上,也没什么交情。

第五章 回家

不过从今天起他们就有交情了,还不浅。

葛赵临拽了一下他的胳膊,跟他一块儿走到赵建启那边。

赵建启张嘴准备说话的时候,葛赵临这次连礼貌性开场辱骂的话都没了,毫不犹豫地给了他一拳。

有时候在绝对的体重和肌肉优势面前,任何格斗技巧都没半点儿用处。

赵建启摔到地上的时候,方际和韩昭立刻带人进屋了。秦昊国在屋里鬼哭狼嚎。

秦昊国被压在地上,方际蹲在他边上冷嘲热讽,冲他脸上吐了一口唾沫,冷冷地说:"怎么不狂了?王恺借钱,你羞辱他的时候不是挺狂的?"

韩昭不知道他们以前就跟秦昊国结梁子了,看了一眼脸色很臭的方际,没再多劝什么。

等秦昊国和赵建启他们安分了,韩昭用手机报了警,只有这样,他们才能真正得到教训。

周诣在外面打电话。

电话通了之后周诣尽量控制住情绪,把语气放得平静一些:"放学了过去看你,想吃什么?"

陈铎沉默了一下,说:"吃糖。"

周诣笑着骂了一句:"你能不能有点儿别的追求?"

知返

"算了,"陈铎也感觉有点儿丢人,忍不住笑道,"你人来就行了。"

周诣说:"好。"

周诣进病房的时候陈铎正好要上厕所,周诣帮忙扶着他走了一会儿,走到厕所门口就不知道该不该进去了。

"悠着点儿,"周诣还是松开了手,"我就不进去了。"

陈铎"哦"了一声,进了厕所。出来之后,他脸上没什么情绪,趴回病床上给自己捏颈椎骨。

周诣把削好的梨递给陈铎,陈铎看了一眼他的手指关节,突然说:"没上学,去找赵建启了,是吧?"

周诣愣了一下。

"嗯,"周诣有点儿心虚,低声说,"知道你不乐意让人帮忙,就没跟你说。"

韩昭跟他解释过陈铎的偏执是怎么来的。

陈铎被孤立那一整年,没有一个人愿意帮他,连个替他去学校讨说法的人都没有。

所有事、所有疼都是他自己扛,只靠自己的观念在心里扎根太深了,所以要是谁为他付出点儿什么,他就会压力特别大并且焦躁,不知道该怎么报答别人,会觉得自己欠了别人很多人情。

这是一种偏执,他受不了别人对自己施以援手。这确实是陈铎的心病。

陈铎沉默了一下,才说:"我没觉得这是种病,但是韩昭跟我说,他觉得我跟葛赵临相处的时候,有些行为很不正常。"

"我能说,"周诣笑着叹了一口气,"我也这么觉得吗?"

陈铎看着他,没说话。

"其实就发现了一回,咱们吃烧烤那次,你对葛赵临照顾得就很周到,拿纸擦手这种事你也愿意帮他干。"周诣顿了一下,又说,"我当时就骂了他'巨婴'。"

陈铎笑了笑,说:"嗯,他很依赖我,无论什么事,就算力所能及的事也要分摊给我一些。"

所以韩昭看不下去,说幸亏葛赵临心思不坏,不然按陈铎这样下去,葛赵临要是想让他帮忙干点儿坏事,他还真有可能去干。

陈铎说:"我被马问山孤立的时候,只有葛赵临帮了我一回。"

周诣看着陈铎的脸,上面没有一丁点儿悲伤难过的情绪,让他连安慰都无从下手。

"所以我现在也让你有压力了吗?"周诣突然问。

陈铎"嗯"了一声,然后就笑了。

"那照你这个性格来说,"周诣盯着他的酒窝,问,"我要星星和月亮,你也给我摘吗?"

"我尽力。"陈铎说。

周诣闻言也笑了。

在十中,小道消息传得快,周诣第二天刚进教室,就听见男生们在说陈铎被打了一顿的事。

人们在叙述事件的时候,为了使听众感兴趣,往往会添油加醋,夸大事实。

周诣听完了一圈下来,真是什么版本都有,夸张到让他快忍不住笑出来了。

他懒得理会这些人生阅历不多的傻小子,他们所有人活到现在受过的苦加起来,都没陈铎一个人受得多,却还有脸拿陈铎的痛苦取乐。

下午放学,方际打电话说要回省会了。他替王恺传了句话,说如果高三的时候成绩允许,王恺希望周诣能报 B 市附近的大学。

因为王恺他爸给了他一笔创业基金,开健身分公司,他把选址定在了 B 市。

周诣听完这话很无语,问方际,王恺是在说梦话吗?他这成绩怎么去得了 B 市?

方际说是让他报 B 市附近的大学,又不是让他直接报"B 大",嫌跟他说话费劲儿。

周诣最后懂了,说自己考虑一下。如果条件真的允许,他还是比较想选"Q 大"。

周诣打开寝室门,一股凉风直扑面门。

寝室窗户没关,上铺的枕巾都被吹到了地上。周诣从一地枕巾

第五章 回家

里挑出陈铎那条，给他重新铺好。

洗漱完躺在床上，周诣无端有点儿心悸。

寝室里太安静了，什么声音都没有。

即使以前陈铎在的时候也没声音，但周诣明确知道有个人陪着自己，心里就会踏实很多。现在寝室里只有他一个人，早已习以为常的安静气氛，突然变得有些诡异了。

他现在特别害怕又响起什么敲床板的"咚咚"声，因为这次就真不是"人"在敲了。

"唉。"周诣叹了一口气。

自己吓自己，长大没出息。

周诣没出息地打了一个电话给陈铎。

"嗯？"陈铎瞬间接起电话。

周诣听到他那边很吵，好像在忙。

吵才好呢，再吵大点儿声，热闹起来周诣就不害怕了。

周诣没说话，陈铎也没再出声。陈铎在陪葛赵临打单子，一般这个时候进电话他都不接，瞥了一眼来电人是周诣，才一边打团战一边接了电话。

周诣不知道该说什么。他不太好意思承认自己又怕鬼犯尻了。

陈铎打完游戏，随口问了一句："不敢一个人睡？"

你怎么什么都能猜到？！

周诣语塞，半晌后，支支吾吾地"嗯"了一声。尴尬和丢人两种情绪像藤蔓一样,从他的脚丫子一路缠绕到天灵盖,把他整个人都包裹住了。

陈铎也没笑他,仿佛习惯了他是这方面的怂包,安慰道:"困就睡吧,电话别挂了。"

"嗯。"周诣头一回觉得陈铎的声音,能瞬间让人安全感爆棚,于是安心地说,"晚安。"

"晚安。"陈铎说。

陈铎跟学校请了长假养伤,寒假结束再返校上课。出院后的两个月里,他一个人在家自学。

期末考试完当天下午,周诣第一个冲出校门,坐上出租车直奔陈铎家。他起码已经两个星期没见陈铎了。

他火急火燎地爬上楼,发现陈铎家的门居然开着。他狐疑地走进屋,看见陈铎懒洋洋地趴在沙发上,整个人无精打采的。

两个月不出门,陈铎快在家憋出病了。

周诣忍着笑走过去,往陈铎的侧腰上轻踹了一脚,陈铎戏精上身似的,喊:"断了!"

"不是断了,"周诣笑道,"你这是快要腰椎间盘突出了。"

陈铎从沙发上起来,胡乱地揉了一把头发,感慨道:"真不是人能过的日子。"

周诣环视客厅一圈,看到了许多外卖盒,诧异地问:"你还真就

第五章 回家

一直没出过门?"

陈铎"嗯"了一声。

周诣瞥了一眼他的后背:"自己抹药方便吗?"

"方便。"陈铎说,"胳膊长,所以方便。"

"拐着弯跟我嘚瑟呢?"周诣看着陈铎的腿,莫名其妙地觉得看起来似乎比以前长了些,"我一直没问,咱俩谁高?"

陈铎坐回沙发上掏出手机,说:"你先报。"

"一米八八……点五,"周诣顿了顿,补充,"没谎报,在医院电子秤上测的。"

陈铎"哦"了一声,又问:"那秤准吗?"

"准。"

陈铎又"哦"了一声,说:"那我高,我一米八九。"

周诣像生吃了苍蝇一样憋屈,不甘心地说:"你是不是又长个儿了?你都成年了怎么还能长?"

"不知道,"陈铎打开游戏,说,"我躺在病床上的时候小腿骨发疼,出院一量,高了三厘米。"

周诣简直不知道说什么好了,除了脏话他也说不出别的。只能说陈铎真是天赋异禀,一下子蹿到一米八九反超他了。

"别再长了,这个身高正好,"周诣说话的时候酸溜溜的,"一米九往上的空气太稀薄了。你没看到方际常年缺氧,脑瓜子都不好使了吗?"

陈铎没说话，只是笑了笑。

周诣见他在打游戏，就不打扰他了，拿出手机刷了一会儿朋友圈。之前为了强行让自己专注学习，他就狠心把朋友圈关闭了，这会儿才重新打开。

也没什么好看的，周诣划了一下手机屏幕。别人的生活多姿多彩，有什么好看的，又不是自己的。

不过有一条朋友圈倒真让周诣乐了。

那是一个兄弟发的视频，内容居然是王恺被他爸带着去相亲，他在酒席上和小姑娘坐在一块儿。

王恺那脸臭的，周诣看着差点儿笑出声。

有好兄弟最快乐的一点，就是能看兄弟的热闹。

方际在群里刷了好几条语音，笑得连话都说不清楚了，说女方才一米五六，王恺这个一米九的大汉往那儿一站就能吓到人家。

周诣本来挺乐和，一听见身高，心里又不痛快了。

他们这群兄弟里数邓荣琦最矮，周诣排倒数第三，其余没一个低于一米八九的。

周诣把视线放在了陈铎的脸上，他还在面无表情地打游戏。

不过好像知道周诣在看自己似的，陈铎立刻抬起头跟他对视上了。

陈铎挑了挑眉，周诣也挑起眉。

两个人用眼神传递的信息一模一样：你瞅我干什么？再瞅就等

第五章 回家

着挨揍。

陈铎打完游戏就站起来了,周诣还以为他真要动手,刚想说话就被他抢先了:"洗澡和做饭,你选一个。"

周诣愣了一下之后才说:"我去做饭吧,你那伤能洗澡吗?"

"可以。"陈铎去卧室拿了衣服,走进厕所前说,"冰箱里的东西随便用,做什么都行,除了甜的。"

周诣点了点头:"知道,你不爱吃甜的东西。"

周诣从冰箱里拿了菜和肉。

菜入锅的时候陈铎洗完澡出来了。他在浴室换了药,上半身是裸着的,周诣抬头就看到了他的背,心情有些五味杂陈。

这伤也太多了。他头一回盯着陈铎的后背看这么久,以前没注意的伤痕这下全看清楚了。

陈铎回头看他一眼,揶揄道:"看着害怕了?"

"确实不敢看了,"周诣咋舌,"惨不忍睹。"

陈铎嗤笑了一声,没说话。

"鸡翅腌好之后放锅里煎。"周诣让出厨房,换陈铎做饭,强调地说,"是煎,不是炸。"

会做饭的人往往都很有默契,陈铎瞬间懂了,接话道:"没可乐。"

陈铎从卧室里给周诣拿出一套洗完澡穿的衣服,接着做饭去了。

周诣在厕所里打开花洒的时候倒吸了一口凉气。他没调陈铎原

知返

先设定好的水温，被冰得浑身打了一个哆嗦，大声问："陈铎，你洗冷水澡干什么？！"

陈铎回道："那个水温很凉？"

"凉！"周诣赶紧调热水，"鸡皮疙瘩都起来了。"

周诣怀疑陈铎的皮肤感热水平和正常人不一样，凉水当温热水，简直活神仙。

周诣吃完饭洗手时，电话响了，是周岐打来的。

"爸妈要见你，"周岐像个没有感情的机器一样，"现在，立刻，回家。"

周诣什么声音都没出，在她话音落地的一瞬间，抢先挂断了电话。

爽！我这手速终于比你快一回了！

周诣乐颠颠地擦干净嘴，一边穿外套一边跟陈铎说："我回家一趟。"

陈铎冲他摆了摆手，说了一声"不送"。

周诣放寒假前就预料到爸妈会叫他回家，好歹是一家人，三年了，天大的气也该消了。

况且他从回来到现在，一直勤勤恳恳地学习，不惹事不闯祸，改邪归正的决心摆在明面上，谁看了不夸一句"浪子回头"。

推开家门的时候他还有点儿慌，心想空着手回来，会不会不合

第五章　回家

适？结果周父看见他就吼了一嗓门："哟！看看！都来看看！这是哪个公子爷回来了！"

周诣噎了一下，站在门口没敢往里走了。

周母放下手里的毛线团，看着三年未见的儿子，一时有些说不出话，眼神复杂地在周诣身上游走，眼眶慢慢泛红了。

半晌后，她偏过脸，眼泪跟着掉了下来。

周岐抽了一张纸递给她："别哭了。"

平静的声音依旧刺激到了周母本就酸软的心房，她站起来走到周诣面前，一把抱住他的同时，放声大哭起来。

三年内所有的责怪、气愤、失望与担忧情绪通通化作虚无，此时此刻，只余下一位母亲对儿子最纯粹的思念。

周诣叹了一口气，轻轻推开周母的怀抱，然后双膝一弯，跪了下去。

"妈，对不起。"他的声音有些哽咽。

他这声道歉，迟了三年。

当初他年少气盛，自以为无所不能，走时潇潇洒洒，如今归来却落魄狼狈。时间教会了他太多道理，看到周母头顶丝丝缕缕的白发，他庆幸一切还不晚，及时回了头。

周父虽然冷着脸，鼻头却也免不得发酸，凶巴巴地说："臭小子，以后还敢犯浑，看我不打断你的狗腿。"

周母抹了一把眼泪，把周诣扶起来："地上凉。"

她拉着周诣的手带他到沙发上坐下，抽了一下鼻子，笑着摸他的头，说："好孩子，常主任跟我说，你这次期末考试考了全校第三，从你回来复读到现在，他一直跟我们联系着，我们都知道你学习很用功，是真的变懂事了。"

周父调整好情绪，很煞风景地嗤笑道："长这么大才知道好歹，他这叛逆期也叛得太长了点儿。"

"你闭嘴！"周母瞪了他一眼，视线放回周诣身上时又变得万分温柔，说："上楼洗个澡休息一会儿，你的房间妈妈一直在打扫。你换身干净衣服，一会儿下来吃饭。"

"好。"周诣摸了摸母亲的头发，拿着外套上了二楼。

他的房间里的东西一样都没动，还是他离开家之前的模样。他看着一屋子的试卷和书，心里有点儿不是滋味，那种只有自己在原地踏步的失落感又蔓延了全身。

周诣去浴室洗了个澡，回来靠在床头，开始发愣。

发愣是他在叛逆期里最喜欢干的事。日落黄昏，不开屋子里的灯，一个人靠在床头放空身心，口腔、鼻息里都是淡淡的柏木香。

有点儿无事可做，周诣打了个视频电话给陈铎。

不过，一直等到自动挂断了，陈铎也没接听。

周诣不疾不徐，隔了一会儿才又打过去。他知道陈铎这种不爱社交的人，向来没有手机不离身的习惯，人在客厅看电视，手机在阳台上晒太阳。

第五章　回家

果然，这次视频电话又被挂断了。不过是陈铎拒接了视频，然后发来一条微信："转语音。"

"行，语音。"周诣嘴上说语音，实际上又打过去一个视频电话。

陈铎没注意，瞬间接了。

周诣大吼一声，急忙把手机挪开。

陈铎在屏幕里裸着上半身，表情淡定地看着他的作死行为，本来想耍别人，结果把自己整尴尬的丢人现场。

"咱们把衣服穿上行吗？"周诣咬牙切齿，急忙把目光挪开。

陈铎用指尖摸了一下后背的伤，药还没干，不能穿衣服。

"我让你转语音。"陈铎说。

这就是不听铎哥的话的下场。

周诣嘴硬："你腹肌是不是瘦出来的？怎么还比我多两块？"

陈铎懒得理他，转过头面向电脑打游戏。

周诣也不自讨没趣，打了个哈欠，拿出寒假作业做题。

期末考试周诣在班里排第一名，在全校排第三名。只能说这又是一个让别人都满意，但唯独他不满意的成绩。他对自己要求很高，他的对手从来不只是十中这零星几个人，他要跟市里其他学校的人比，跟省里更优秀的人竞争名额，现在只是起步阶段，未来的路还很长。

陈铎打游戏输了，叹了一口气，看了手机一眼，周诣的视频居然忘了挂，此时的他在低头学习，碰到难题还会皱着眉转笔，陈铎也没挂视频，想看看他什么时候能发现。

陈铎看着看着，无端地生出了个想法——

三年前中考备战的时候，说不定自己曾和周诣在同一个晚上的同一时间，解同一道数学压轴题，同时皱眉，同时转笔，同时写下一个"解"字。

他们跟素未谋面但熟悉名字的对方默默竞争，也是一起默默努力。

要是他们能早点儿认识就好了。

陈铎无声地笑了笑，视线回到电脑屏幕上。

耳机里的骂声一直没断，葛赵临最近单子打多了，一边跟陈铎打单一边带网友，可惜网友技术太菜，菜得让葛赵临头晕。

刚才那局网友的一个低级意识错误导致整局崩盘，葛赵临闭了麦，在跟陈铎说网友的坏话。

第二把游戏开了的时候，陈铎又看了一次周诣，他已经困得趴在桌上无意识地写字了，手上的笔歪歪扭扭，不出一分钟就要倒了。

果然，陈铎刚进入游戏，笔就被周诣扔在了地上。他调换了一个方向接着睡，剃了短寸的脑瓜子正冲手机屏幕。

从陈铎的视角看，周诣的脑袋确实很象一颗卤蛋。

第六章
分别

    这样的日子持续了一个多星期。周诣在白天有陈铎陪着刷题，在晚上自己刷题，甚至刷得有些走火入魔。

    除夕那晚，周诣吃完年夜饭，连春晚都没看，就上楼继续学习了。

    年轻人似乎都对春节没什么浓厚兴趣，看得很淡，也不在意。家里只有周父在看小品，周岐除了工作就是看书，反正春晚上的明星她也不认识几个。

    周诣房间的隔音不好，做题做到一半他突然听见周父在大笑。那声音简直是太响了，短促又急，还喷着鼻息，仿佛下一秒人就要背过气去。

    他这哪里还学得下去？

    周诣把笔扔下，穿上厚风衣，出门去找陈铎了。

网吧老板跟人合伙开了一家礼品店，前几天让陈铎过去帮忙扮玩偶吸引顾客，店就开在人流量最大的美食街里。

街上的积雪刚被清扫过，路砖缝里泛着寒冬冷气。

礼品店装修得极其精美，音响里放着劲爆的春节热曲，大部分顾客是赶时髦的年轻小姑娘。

她们提着礼品袋从店里出来的时候，店门口的玩偶熊还会在原地张开胳膊送拥抱。

有些单身小女生一看这玩偶熊的高度，就知道里面套着的是个小哥哥，立刻红着脸扑进大熊怀里，感受被拥抱的幸福。

陈铎被她们身上的香水味熏得想骂人。

他在玩偶服里待了两个多小时，被闷得有点儿喘不上气，有些无奈地闭上眼睛张开胳膊，搂一下之后再张开一次，机械地重复着拥抱的动作。

陈铎正准备抱住下一个人的时候，突然没闻到香水和化妆品味，取而代之的是一股熟悉的感觉。

陈铎睁开眼，就看见了周诣那张棱角分明的脸，眼睛微弯，藏着笑意。

这一刻，陈铎总算明白为什么周诣给人的压迫感这么强了。近距离看他才发现，周诣的瞳孔很黑，对视的时候感觉要被吸进去一样，是个人都会慌乱地移开视线。

面前的周诣突然低声说："陈小熊。"

第六章 分别

陈铎赶紧把他推远:"别瞎叫。"

周诣由着他推了自己一把,往后退一步,说道:"把头套摘了,透透气。"

"哦。"陈铎把熊头套摘下来,晃了晃脑袋之后,有些尴尬地看着周诣。

周诣想笑出声,又强行憋回去了。他是真没想到陈铎平常看着挺冷淡的一个人,居然也会尴尬。

陈铎尴尬完了之后,干巴巴地说:"新年快乐。"

"新年快乐。"周诣说。

又一批顾客从店里出来,陈铎没时间再跟周诣聊天,继续工作。

周诣站在旁边看了一会儿他与顾客互动,拍下几张照片之后就走了。

过完年高三年级闹出了一场大乱子,想考大学的学生和打扰他们学习的"小混混"相看两相厌许久,终于打起来了。

陈铎没参与这次打架,因为寒假刚开学一周的时候,他就申请离校自学了。

周诣当时还觉得这是多此一举,现在这事一闹出来,才发现陈铎这人就是个"腹黑"的老狐狸。他早就料到会有这么一天,果断选择了回家复习,远离是非。

陈铎和葛赵临已经不帮人调解纠纷了。葛赵临开学没多久就辍学了，嫌备战高考压力太大，被他爸催着去包装厂里卸啤酒，有空还能当代练打单子，日子过得倒也算轻松。

但是陈铎的日子就没那么轻松了，他一方面要复习备考，一方面还得做兼职。看网吧的工作他已经辞了，因为经常熬夜会影响记忆力。

最后陈铎去了一家蛋糕店工作，整个店里都是甜腻腻的香气。他非常不喜欢甜的东西，却不得不忍着。

钱难挣。

周诣觉得心里有点儿不是滋味，但他没打算借钱给陈铎，倒不是怕伤陈铎的面子，而是他一直认为陈铎如果真要借钱，肯定会给他暗示。

如果没有，就说明陈铎还没到需要帮忙的地步。

但无论怎样，只要周诣一开口说出"需要我借你点儿钱吗"这句话，就会把陈铎最后那一点儿已经微薄到透明的自尊心也扯碎。

"你崇拜他什么？万一传的事是真的呢，他有暴力倾向，多恐怖啊！"后桌的女生大声喊了一句。

"都是传言你不知道吗？！别人说什么，你就信什么？"另一个女生说。

周诣皱起眉，用背部顶了一下后桌："小点儿声。"

女生压低声音说："你觉得是韩昭先看上的陈铎，还是陈铎主动

第六章　分别

巴结韩昭？"

"你去问陈铎，你有本事当面问他！你有那个胆子？刺激我好玩吗？"

周诣使劲儿揉了两下眉心，真是听烦了。

放学之后，周诣憋着心窝里的一团火，直接打车去找韩昭了。

"你跟陈铎是怎么认识的？"一见到人，周诣就直截了当地开口。

韩昭喝完酒刚睡醒，还有点儿蒙，问："陈铎怎么了？"

"我跟陈铎玩得好，但你们那破事让我听着不舒服。"周诣冷着脸说道，"我就想知道，这些破事到底是什么情况？"

韩昭依然不解地看着他："你们以前不是互相看不顺眼吗？"

"什么情况？"周诣重复道。

"我先主动跟他打招呼的。"韩昭忍不住笑了笑。

周诣"哦"了一声，心里舒坦多了。

虽然知道这样很幼稚且唐突，但他就是咽不下这口气，放谁身上都咽不下。

韩昭还是没缓过来："不是，你跟我说说，你们什么时候玩在一起的？我不是提醒过你最好跟他避嫌吗？"

"忘了。"

韩昭"啧"了一声，见他不说话，自言自语起来："你从那些人嘴里听说的陈铎，都是什么校园一哥、很暴躁之类的吧。你当时要是没辍学，能见见以前的陈铎就好了。"

"他高一入校的时候还是新生代表呢，站在台上发言，我那天就在十中围墙外面看他，你知道我第一次见到陈铎是什么感受吗？"韩昭有点儿自嘲地笑道，"自卑。我看到他，就觉得自己像团恶臭的泥巴，永远抬不起头。

"他太干净了，干净得让我担心。他这种人为什么要来这个地方？格格不入，你懂吗？"

"这种格格不入的后果，他根本承受不住。"韩昭说完又躺回到了沙发上。

昨晚通宵喝酒让他脑袋钝痛，一见周诣来势汹汹，一副要为陈铎出头的模样，他又被刺激得有点儿想笑。

周诣看着他，突然问道："那现在，能跟我说那件事的答案了吗？"

韩昭先是愣了愣，继而苦笑着叹了一口气，说："他想把人抓住，但是没来得及。"

"哦。"是周诣意料之中的答案，"那我能猜一下真实的经过吗？"

"你知道多少了？"

"视频里的人是齐敏书，不是陈铎。"

韩昭从沙发上直起身，有点儿坐不住了。

周诣无端心烦起来，一字一顿地说出了自己的猜测："齐敏书到底是怎么不小心失足跌下去的，我不清楚。反正陈铎是没来得及抓住他，眼睁睁地看着他摔成了残疾，所以心里有愧，才替他背了这

第六章　分别

口大黑锅？"

韩昭看着周诣，愣是说不出话来了。

他一直以为周诣什么都不知道，因为周诣对这件事的态度非常随意且无所谓，没想到人家早就猜出来了，而且猜得八九不离十。

周诣说完才是真开始烦了。他说到一半突然想出齐敏书和陈铎的关系了，低声地说："我是不是认错人了？"

"嗯，我不是陈铎最好的朋友，"韩昭有些尴尬，"之前齐敏书才是。"

周诣站着一动不动地僵了三分多钟，最后什么也没说就走了。

他平生第一次这么厌恶自己的逻辑推理能力，以及一猜就准的神奇第六感。

他早该发现的，齐敏书和陈铎的气质这么像，分明就是同一类人。

同类人才更适合在一起玩，有共同话题，三观也一致，多好。

不像他跟陈铎，哪儿哪儿都不合适，哪儿哪儿都犯冲。

周诣踹了一脚路边的垃圾箱，靠在车站的站牌上，深吸了两口气。

陈铎不愿意让人知道齐敏书被录视频羞辱的事，不想臭了他的名声，所以就跟所有人说，视频里的人是自己。

替一个远走高飞的好朋友背了三年骂名，这得是友情多深厚才能干出来的事？

周诣想着想着,有点儿喘不上气了。他感觉气管里像被塞了一团软棉花。

他强压住满腔的烦躁情绪,坐上公交车回了学校。

忙学习的日子往往过得很快,陈铎最近跟周诣的联系变少了,一天才回一次微信,除了"嗯"就是"行",有时候甚至只发表情不说话。

但周诣并没有不高兴,因为这样还算好的,葛赵临已经一周联系不上陈铎了。

三模的成绩单贴在了公告栏上。陈铎考完试就立刻回家了,其他很多人挤在前面看成绩。

周诣凭借身高优势,远远站在后面就能看到,也多亏陈铎的排名非常靠前,他才能轻而易举地看清楚。

八校联考,陈铎全科总排名第十四名。

还可以。周诣点了点头,一本反正是稳拿了,过几天就高考,说不定考试当天陈铎超常发挥,还能上一所重点大学呢。

晚上,周诣去了陈铎家,给他带晚饭,还是亲自做的那种。

陈铎没时间自己做饭,除了买快餐就是从店里带蛋糕回来吃。可能最近奶油之类的东西吃太多了,周诣一看到他,就觉得他比一个月前胖了不少。

第六章 分别

"谢了。"陈铎拍了一下他的肩膀,接过饭走进了屋子。

周诣跟着进去,简直不敢相信自己的眼睛。他这是第一次亲眼见到两米高的试卷堆,而且地上还有很多运动器械。

周诣又仔细打量了一遍陈铎,发现他其实不是胖了,是健身增肌之后看着更壮了一些。

他一边复习一边健身,这么牛?

周诣想跟陈铎说话,但是陈铎连饭都没吃就继续低头刷题了。

周诣忍了忍,还是憋不住好奇心问:"你到底要报什么专业?"

陈铎头都没抬:"警务指挥与战术。"

周诣愣了一下,难以置信地问:"特警?"

"嗯。"

"这专业是警校里最累的那个吧?"周诣感叹了一声,搞不懂他为什么要吃这种苦。

陈铎沉默着打开了饭盒,一边吃一边在草稿上写字。

周诣伸长脖子看了一眼试卷,他在做最后一道数学大题,果然学霸都喜欢挑战各种不可能的事。

周诣没再出声打扰他,坐在旁边默背了一会儿英语单词。

陈铎吃完饭之后又开始写英语作文,一动不动地埋头苦学起来。

周诣打开手机,才知道已经到了夜里十一点。他饿得不行,叫了两份外卖。

陈铎在旁边学习,周诣吃饭都不敢发出太大的声音。他把另一份夜宵递给了陈铎，陈铎摆摆手示意自己不吃。

周诣吃完夜宵之后，掏出手机又看了一眼时间，发现真得走了。他拿着夜宵站起来，轻声说："走了。"

陈铎抬头看着他的后背，说："留下。"

周诣把夜宵丢到桌上，非常不客气地拐了个弯，走进浴室洗澡。

陈铎给他拿好换洗的衣服，坐回椅子上接着学习。

周诣洗完澡就直接上床睡觉了，脸朝下趴在被窝里，睡得那叫一个香。

陈铎在半夜三点的时候停下了笔，草草洗漱完就进卧室了。

周诣的睡姿非常霸道，霸道到整张床都被他占了。陈铎连拽带踹地把他移到床边，摆出一个老实点儿的睡姿之后，才上床休息。

然而睡姿老实了，人却不老实。

陈铎被他挤得呼吸困难，立刻把他挤开了。但是劲儿使得有点儿大，周诣被弄醒了。

周诣翻了个身，正躺在床上看着天花板，喊了一声："小陈哪。"

陈铎："……"

周诣想起陈铎后背上的伤，想去检查一下，于是打开手机电筒照了照。

"周哥，"陈铎困倦地说，"别闹了。"

周诣"嗯"了一声，说道："我也有。"

陈铎困得大脑反应迟钝："有什么？"

第六章 分别

"疤。"周诣说着,朝自己的腹部指了指,"在这儿。"

陈铎看到一片突起的疤,问:"剖腹自尽过?"

周诣老脸不红,大气不喘,撒谎道:"切阑尾。"

陈铎笑了笑,把手抽出来说:"好了,睡吧。"

"晚安。"周诣说。

"晚安。"

时间匆匆过去,从第二次一起过夜到高考结束,周诣没再跟陈铎见过面。

陈铎没有刻意躲周诣,忙到极致的时候确实是见不着人,周诣却在逃避跟他见面。

周诣不想承认最近他心情其实很差,因为一直都没放下韩昭的话。他知道齐敏书这件事是陈铎的底线,所以他绝对不能过问。

现在周诣的心情更沉重了。

因为陈铎高考完,马上就要离开这里了。

他要提前去N市,在大学附近租房找工作,安排生活,该说"再见"的日子就在第二天。

周诣最受不了的事情,就是干等分离的时间到来。他在网吧待到了凌晨,刻意躲避,不去面对。

他走进寝室的时候,最先注意到的不是厕所的水流声,而是已经被搬空的床铺,他的上铺只剩一块床板了。

周诣没忍住鼻头一酸,一声不吭地坐到床上深呼吸起来。

陈铎从厕所洗完脸出来,看着他,喊了一声"周哥"。

"几点走?"周诣装作嗓子发痒,偏头咳嗽不停。

陈铎的喉结滚动了一下:"明早六点。"

"还……"周诣有点儿说不出话,"还回来吗?"

陈铎低头,本该说出口的"不了"到嘴边却变成:"看情况。"

周诣"嗯"了一声。

"周哥,"陈铎最近叫这个称呼的次数越来越多了,他问,"你打算过报什么专业吗?"

周诣沉默了一下,直截了当地说:"B 市。"

"嗯,"陈铎靠在墙上闭了闭眼睛,说,"以后还会有机会的。"

周诣没说话。

还有什么机会?

两座那么大的城市,两个忙着为生活奋斗的人,各有各的新圈子和朋友,哪儿还有机会再像现在这样了?

"陈铎,"周诣抬起头直直地看着他,又喊了一声,"陈铎。"

"我在。"

"你,"周诣调整言辞,"你能让我,了解一下你吗?了解一下以前的你。"

周诣说完这话就有些忐忑,看着陈铎的眼神也没那么坚定了。这是陈铎的底线,他明明知道的,但就是想问个清楚,问个明明白

第六章 分别

白。他太害怕以后就真的没机会了。

陈铎几乎没有半分犹豫地说:"好。"

"那个叫齐敏书的男生,"周诣顿了顿,才问,"是你之前最好的朋友吗?"

陈铎似乎早料到他会问这个,平静地说:"算是。"

"他和我初中同校,中考发挥失常只能报十中,"陈铎说话的时候语气一点儿起伏都没有,"高一元旦晚会的时候,他跳了古典舞,跳完,就被当成学校里的异类了。"

"他们觉得男生跳那种舞不伦不类,"陈铎顿了一下,又说,"算是被校园霸凌了吧。"

周诣静静地听着。他倒是对男生跳这种舞没有半点儿看法,但也很清楚十中里大部分是什么人——思想闭塞的井底之蛙。

"他受过的那些事跟我差不多,被起各种绰号,被传各种流言,被整蛊暴打,被言语辱骂,都是日常,"陈铎说,"这些事情给他带来的最大伤害,就是把马问山引来了。"

陈铎淡然地说:"马问山折磨了他一整年,他谁都不敢告诉,怕被报复。"

"他半死不活的时候我正好中考。他向我坦白了这些事,所以我为了保护他,才报考的十中。"陈铎突然冷笑了一声,"我以为他会跟我合力对抗这一切,但我和马问山闹得水火不容的时候,他反而淡出了战场,说自己要专心备考。

"他还跟马问山说'你去看看台上那个发言的新生,是不是跟我长得很像?你如果真的讨厌我,也可以试试折磨他'。"

周诣大概能猜出后面的一系列事情了,心里暗骂一声"畜生",对齐敏书刚生出的那一点儿同情立刻消失了。

"他那时候精神已经出问题了,重度双相情感障碍。"陈铎呼了一口气,"他大半夜在我家门口跪着,问我能不能去替他,替他分担一些精神压力,让他好好高考走出这里。

"就因为所有人都说我跟他太像了,就因为我在他最崩溃的时候对他施以援手,他仗着我同情他,就想把我的人生也毁掉。"

陈铎还是向周诣要了一根棒棒糖,甜味充斥喉间的时候,才一点点冷静下来。

"视频是马问山第一次折磨他的时候拍的,也是一直用来要挟他的把柄。马问山知道他向我求救之后,嫌他不老实,就把视频发到学校贴吧里了。"

陈铎抿了一口嘴里的糖,又说:"全校人看了视频都在猜主角到底是我还是他,齐敏书一急,就发了帖子说是我,还把我和马问山的聊天记录发了出去,证明我和马问山有过节,所以大家都相信了视频里道歉的人是我。"

"啧。"陈铎说着说着就没兴趣了,简直有种在谈自己的黑历史的挫败感。

周诣也听得很窝火。他头一回见识到原来人能自私成这样,被

第六章　分别

逼到绝路的时候能干出这些事情。

"所以他是精神失常跌下了楼,而不是被马问山推下去的?"周诣问。

陈铎说:"齐敏书和马问山爆发冲突,情绪过激,所以失足跌下去了。"

"我没抓住。"说出最后四个字后,陈铎深深地叹了一口气。

"等警方赶到时,马问山已经因为受到刺激,往自己的脸上划了一刀。后来这件事在警方的介入中得到解决,每个人都为自己犯下的过错承担了责任。"陈铎接着说完。

周诣沉默片刻,低声问:"他曾经是你最好的朋友对吗?"

"嗯。"

"我最好的朋友是你。"周诣突然说。

"嗯,"陈铎笑了一下,"知道。"

周诣也笑了一下,语气却无比认真:"我没在说谎。"

"我没不当真。"

周诣"嗯"了一声,不知道该说些什么了,也没有多少时间能继续说了。

他掏出手机看时间,已经是凌晨五点半了。

"你该走了。"

"还有半个小时。"

"嗯。"

周诣在这一瞬间突然很身心俱疲,躺在床上用胳膊挡住眉眼,不再出声。

他真的太讨厌这种气氛了,这种一秒一秒等待分离的感觉,太让人窒息了。

他这晚得偿所愿,因为陈铎把从未主动跟别人倾诉过的事,和盘托出告诉了他。

但这有什么用呢?

横在他们之间的,是生活,是赤裸裸的现实、责任、压力、重担、分离。

陈铎给周诣的安全感不只是在他半夜怕鬼的时候,整整一晚不挂断电话,陈铎是他在这里的唯一一个朋友。陈铎走了,他又是自己一个人了。

周诣从小到大都喜欢独处,也习惯孑然一身的孤独,现在却对孤独感到无比恐惧,拼了命地逃避。

"以后别给我发微信了,换成发短信,回得快。"

"嗯。"

陈铎提起行李箱,要走了。

"提前开学,封闭式军训上交手机,我可能很长时间都不能联系你了。"

"嗯。"

"我等会儿在火车上给你录语音,你晚上害怕了就听。"

第六章　分别

"嗯。"

"别哭。"

"嗯。"周诣快忍不住了,"赶紧走。"

陈铎没再说什么,穿上外套之后推开了寝室的门,风吹进来的刹那让他有些神志恍惚,好像又回到了去年夏天一样,回到他跟周诣刚认识的时候。

"陈铎!"周诣在身后哽着嗓子喊了一声。

陈铎回头,看见周诣从床上缓缓站了起来,朝他伸展开双臂。

陈铎苦笑了一下,转身走回去,轻轻地抱了一下周诣。

"再见。"

"嗯,再见。"

陈铎走后,寝室里的其他人也陆续搬空了床铺。整个屋子里只剩下周诣一个人,晚上睡觉的时候他只能听自己的呼吸声。

他简直烦透了这种要命的孤独感。

暑假的时候,周诣报了个辅导班,补语文和英语,把大部分时间花在学习上,尽量让自己忙起来,生活越充实越好。

房间的门被敲了几下,周母在门外催促道:"起床,我做好饭了。"

周诣掀开被子下床,懒洋洋地打了个哈欠:"起了。"

他趿着拖鞋去厕所洗漱,看清镜子里的自己的时候愣了一秒,这黑眼圈简直是国宝级别的。

周诣对着镜子叹了一口气,刷牙洗脸之后,下楼去吃早饭。

周父正在用遥控器换台,转头一看到周诣,脸就沉下来了,数落道:"你昨晚上几点出去的?看你这副鬼模样,又玩了一宿是吧?"

周诣拉开椅子坐在餐桌边,说:"没出去玩。"

"是不是熬夜了呀?"周母递给他碗筷,担忧地嘟囔,"皮肤都这么糙了。"

周诣懒得理他们,闷头吃起了早饭。两根油条下肚之后,他又去喝碗里的豆浆,喝到一半就喝不下去了。

"小鸟胃"?

周诣摸摸肚子,确认自己是真的撑了,甚至打了个饱嗝。

"吃完了。"周诣抽纸擦干净嘴,走到门口换鞋。

周母"嗯"了一声,以为他是没食欲,没多说什么。

周诣换好鞋,单肩挎上书包,出门上辅导班去了。

这年夏天的太阳不是一般毒,他还没走几米远的路,身上就开始发汗了。

周诣等人行道绿灯的时候,手机突然振动了一声,他赶紧掏出来低头看,结果白高兴一场,不是陈铎发的。

葛赵临莫名其妙地约他去吃饭,说陈铎走了没事,大家该联系的还得常联系。

他到了辅导班,打开手机给葛赵临回消息,把饭局推掉了。

第六章 分别

辅导班老师还没来，周诣就先自己重新整理了一遍错题本。

他之前记错题的方法太死板、太烦琐：先用小刀把题目裁剪下来，有时候还得手抄，然后在旁边写正确步骤，再分析出错原因，最后还要做批注，效率太低不适用于高三，所以他决定改用陈铎的方法。

陈铎习惯只记题不记答案，隔一段时间把题重做一遍，检验自己到底会没会，连续八次不出错就把题画掉。

错题本在精不在多，记的题越多，人反而越没有回看的欲望。

中午周诣吃完午饭，蹲在门口晒了一会儿太阳。以前每天中午都是陈铎和他一起在天台吹风，现在倒好，就剩他自己了。

周诣其实最怕的不是陈铎走了，而是走了之后联系也变少了。

他比谁都清楚，两个人身在不同城市不经常联系的后果是什么。王恺和他就是活生生的例子。

他们好歹还是发小儿，从回来到现在却只打过一次电话。

陈铎在那边，肯定会认识新同学、新朋友，会融入新的圈子。

周诣很害怕，几个月之后陈铎拿到了手机跟他分享新见闻的时候，他会听不懂陈铎在说些什么。

接不上话的后果，就是两个人互相嫌弃对方无趣，再然后话题越来越少，友情慢慢变淡，最终可有可无。

周诣掏出手机看了一下微信，两个人最后一次聊天是在两个

知返

月前。

陈铎下火车之后,给他发了一句"到了",他回一个"好"字之后,他们就再也没有联系过了。

周诣又点进陈铎的朋友圈看了看,感天谢地,"外星人"终于发了一条状态。

那应该是半夜在火车上拍的照片,光线很暗,但能看出是陈铎用手拿着一罐纸星星。

陈铎的五指非常好看,修长、骨感又白净,可以轻松握住整个瓶子。

周诣突然觉得陈铎这种人简直太适合当朋友了,平常不声不响什么也不表露,看着气定神闲,其实心里比谁都有数。

靠谱儿,周诣"啧"了一声,这人够靠谱儿。

他的心情瞬间多云转晴。下午的课上完之后,葛赵临又在催周诣出来聚,周诣高兴得刹不住闸,非常爽快地就答应了。

到了地方他才发现压根儿不是葛赵临要请他吃饭,是个攀关系巴结人的饭局。

组局的人是一群初升高的小孩儿,被巴结的是葛赵临和十中的几个人,小孩儿们人傻钱多,点了满满一桌子菜。

葛赵临吃到一半在旁边打游戏,被烫到手似的,突然把手机抛了一下,然后皱着眉深深叹了一口气。

周诣看他一眼,问:"怎么了?"

第六章 分别

"头晕。"葛赵临把耳机摘掉,说,"队友太菜。"

周诣"哦"了一声,没多说。游戏方面他帮不上忙,陈铎走了之后葛赵临只能单排,估计已经被坑得没脾气了。

葛赵临按灭了手机,歪斜身子靠近周诣,问:"陈铎联系你了没?"

周诣沉默两秒,摇了摇头。

"他妹妹,秦弦,出事了,"葛赵临抬高音量说,"秦昊国那个老畜生一直骚扰她,非让她说出她妈跑到哪儿去了。她报警了,现在人在公安局里呢。她打不通陈铎的电话,就打电话到我这儿来了。"

周诣皱了皱眉,问:"陈铎去 N 市没告诉她?"

"没,估计他是不想管她了,"葛赵临摊手,无奈地说道,"你说这事闹的,咱们是管还是不管?"

"管。"周诣立刻肯定地说,"我去解决,别让她再给陈铎打电话了,不能影响陈铎训练。"

"行。"

周诣赶到公安局的时候,秦昊国已经到了,西装穿得皱皱巴巴的,啤酒肚微凸,头顶毛发稀疏,一股中年大叔的油腻气息扑面而来。

秦弦拿着手机站在旁边打字,听到动静抬起头,眼神在周诣身上打量了一个来回,说:"哥,来了。"

她叫周诣这声"哥"叫得心服口服。周诣给她的第一感觉就是靠谱儿,浑身透着股天塌下来他第一个顶上的稳重感。

她这天难得没穿奇装异服,素着一张五官精致的小脸,周诣差点儿没认出她来。

周诣冲她点了一下头,向秦昊国伸出手:"你好。"

同样的感觉萦绕在秦昊国的心头。他不敢轻视,和周诣握了握手:"你好。"

警察这时过来冲秦昊国说:"秦先生,你不要再骚扰秦小姐了,她真不知情。请你好自为之。"

秦昊国的脸色极差,但警察就站在旁边,他有一肚子怨气也不敢发泄出来,最后只闷闷地说了句"知道了"。

他刚想转身离开,却被周诣拽住了胳膊。

"秦先生,有些话我还是跟你明说比较好,"周诣看着他说,"陈铎不知道你妻子的去向,如果你背地想打陈铎的主意,我劝你还是放弃的好,不然就算自毁前途,我也绝对不会放过你。"

秦昊国阴沉着脸,狠狠甩开周诣的桎梏,转身离去。

走出公安局,周诣听见秦弦在自己身后叫了一声"周哥"。

周诣回头,看着秦弦从包里掏出一个鼓胀的信封。她将信封递过来,说:"周哥,帮我把这些钱给哥哥吧。"

周诣诧异地挑了挑眉。在他的印象里,秦弦娇生惯养,当公主

第六章 分别

当惯了，可不是个愿意打工兼职的人。

"这钱干净吗？"他还是忍不住问了一句。

"你什么意思？"秦弦有些不满地噘起嘴，"我卖衣服换的，不是你想的那样。"

"那就好。"周诣接过信封，"还有别的事没？没有我走了。"

"有，"秦弦叫住他，"替我给哥哥捎句话，告诉他，我以后会好好做人的。"

周诣很不给面子地笑了笑，说："你也知道自己以前不怎么样啊？"

"甭管我以前，反正我以后会变好的，"秦弦摆出一副乖巧的模样，"我这不连衣服都卖了嘛。"

"行，"周诣拉长音说，"那就祝你以后好好做人。"

"谢谢。"秦弦晃了两下，嘴角扬起一个浅浅的微笑。

周诣没打车回家，在大街上走着，想散散身上沾染的饭店里的饭味。

这天晚上的星星格外多，难得见到这么好的夜景，周诣掏出手机拍了几张照片，转成彩信发给了陈铎。

不知道 N 市的星星有没有这里多。

他回到家洗完了澡，继续整理早晨的错题本。

陈铎把亲手写的各种笔记、知识梳理的思维导图都给了他，还

知返

有错题本，周诣翻开看的时候简直惊呆了。

错题本写得像本字帖，几乎一处潦草的连笔都没有。

他睡前刷了一会儿微博，看看政治新闻和社会热点。刷了二十多分钟，他又忍不住点开短信，去看陈铎有没有回复他。

果然没有。

意料之中，情理之内。

周诣关上手机放在床头，翻了个身闭上眼睛睡觉。

第七章
值了

开学那天班里的人少了很多，考大学无望的人基本直接放弃了，该种地的种地，该打工的打工，后排的"皮猴"们走得一个不剩，教室头一回显得这么冷清。

周诣是为数不多暑假每天都坚持复习的人。他不怎么需要听课了，老师也允许他课上自主做试卷。

周诣照着陈铎的笔记，把相同的题集和试卷都买了一份，开始踏上刷题的道路。

中午午休的时候他回了寝室。

学校重新分配了床位，新舍友是四个高三生，周诣见到他们的时候有些无语。其中一个人他熟得很，是姜辉。

姜辉看周诣的眼神有些晦暗不明。他在估量自己和周诣单挑，谁赢的可能性比较大。

毕竟寝室肯定要分出个老大，而且他已经看周诣不爽很久了。周诣以前有陈铎罩着，他确实不敢动，现在陈铎走了，那周诣岂不就是个废物？

姜辉想了一下，还是决定开学第一天保持和平，等以后找个正当理由再揍周诣一顿。

不过即使他放过周诣了，也没打算放过其他几个人。

另外几个高三生都是"眼镜仔"，看着就不像是有脾气的，身上一点儿读书人的骨气都没有，被姜辉一用手段，就捂着脸服软了。

第一个人服软，往往会削弱第二个人反抗的勇气，于是一声接着一声的"姜哥"在寝室里响起。周诣又心累又嫌吵，看这架势中午铁定睡不了觉，果断拿上"宝贝三件套"离开寝室，去天台一个人待着。

葛赵临也在天台上，旁边站着刚认识的高一小学弟。周诣跟他远远打完个招呼，没打算走过去。

新学期新开始，大家都有了新的朋友和社交活动。但周诣每天就是上课下课，日子就这样过得枯燥又简单。

这一下午的课周诣都没怎么听。他有时候会觉得很困，却一点儿饥饿感都没有。

他这天只喝了两杯水，根本没有进食。很神奇，果然知识就是粮食。

放学之后周诣去食堂买了份拉面，热腾腾的，看着很香。他倒

第七章 值了

了点儿醋进去，张嘴吃了两大口，再用筷子挑起第三口的时候，突然就没胃口了。

周诣诧异地挑了挑眉，摸摸自己的肚子，还真成"小鸟胃"了不成？

算了，没胃口就不吃了，周诣把拉面扔进了垃圾桶，去自习室接着刷题。

一走进自习室，周诣就看到后排有人在打架。

周诣在第一排座位上坐下，选择远离是非之地，不看热闹也不制止。

心地善良并且愿意管闲事的"小混混"，他就只见过陈铎一个。他没陈铎那份善心，懒得掺和这些鸡毛蒜皮的事。

写完两张卷子之后，周诣掏出手机看了看，短信里安静得没有一点儿水花。

军训已经结束了，但陈铎报的专业管得很严，每天他忙着不停训练，玩手机也有时间限制，所以一直没回消息。

也有可能累到极致的时候，就算有了手机，陈铎也根本没心情跟他聊天。

周诣的情绪有些低沉。他按灭手机，一声不吭地继续做卷子，一直做到了打铃为止。

他没走，静坐在座位上，等着大喇叭播放《夏天的风》。

二十分钟之后，自习室里的人都走光了，他也没有听到歌，应该是学校广播不放了。

周诣叹了一口气,他两个多月没听到陈铎的声音了。本来想起还有这首歌的时候,他心里还有些窃喜,现在就像被一盆冷水浇了头一样,烦透了。

他一路憋着气回了寝室,开门的动静都非常大,几个舍友被他吓得面面相觑,不敢出声了。

周诣从小到大都觉得控制不住怒火、四处乱发脾气是件很傻的事。所以他深吸了一口气把情绪压下去,跟寝室里的人道歉了一声,然后去推厕所的门,但是门被反锁了。

"急什么急呀?!"姜辉在里面大吼,连着骂出好几句脏话。

周诣压着嗓子吼了回去:"赶紧的。"

"你吼什么?你再敢冲老子吼一声,我明天就让你妈过来给你发丧!"

周诣一脚踹在厕所门上,门开了。

姜辉头上的洗发膏都没冲干净,他还没来得及反应就被周诣揍了一拳,还是正脸。

"我就跟你说这一次,听着点儿,"周诣狠狠地说,"在我面前逞能装大哥,可以,但是骂人别带妈。"

周诣一脚将他的东西踹倒在地上,然后关上了厕所门。

姜辉是欺软怕硬的典型,愣是被周诣这一串行云流水的动作给吓蒙了。

第七章 值了

半晌之后,他小声骂骂咧咧几句,赶紧走出了寝室。

周诣的心情坏得不行。他面无表情地撒完了尿,又去走廊里冷静。

他最近无端很容易火气大,心情一直没处发泄。高三压力大,他还没食欲吃不下饭,一天到晚心情压抑,简直比初中那会儿还人不人鬼不鬼的。

姜辉在别的寝室洗完头回来的时候,周诣仰靠在栏杆上看着他,眼神阴沉得像匹野狼,冒着寒光。

姜辉连头都不敢抬,加快步子走进寝室,把门一关之后,屋里就响起了大骂声。

惹不起硬的就欺负软的,迁移怒火这种事他干得比谁都顺手。

手机铃声毫无征兆地响了。

周诣顿时激灵了一下,掏出手机后却发现来电人是葛赵临,心情瞬间又低落了下去。他接通电话,葛赵临劈头盖脸就是一句:"你看到帖子了没?"

周诣一脸蒙:"什么帖子?"

"你去学校贴吧看,"葛赵临语气有些沉,"马问山道歉了。"

马问山道歉了?

周诣打开贴吧,最热门的帖子的标题写着"陈铎,对不起",帖子内容是一段视频和长达几百字的澄清道歉信,马问山在视频里自扇了好几个耳光,三年前齐敏书坠楼的真相被公之于众,帖子下方的评论是几百楼的"陈铎,对不起",以及看热闹不嫌事大的"666"。

有错的没错的人都跟起了风,像曾经谩骂陈铎的那批人一样,大家做什么,就跟着做什么,这样一看,这些迟来的道歉反倒有些可笑。

同时,由于这个帖子热度太高,引起了当地教育部门的关注,教育部门对此事展开了一系列调查。这样一来,之前疏于管理的学校领导也纷纷被问责。

这有什么用呢?是能弥补对陈铎的伤害,还是能救治已然残疾的齐敏书?

这些道歉什么也不是。

悲剧早已造成,陈铎也早已放下了这一切,开始了新的生活。

沉默从不代表原谅,只能说是算了。

高三的生活很单调,没有陈铎的日子更无聊。

周诣一个月之后仍然没有联系上陈铎,都开始怀疑他是不是被拐卖了。

而且不知道是因为高考压力大还是别的问题,周诣最近的食量缩减得不行,一天下来吃进肚子里的东西约等于没有。

他回家上秤一看,十二斤,瘦了十二斤。

他身上的肥肉少,体脂率也低,所以掉的都是肌肉,辛辛苦苦练出来的那种。

第七章 值了

周诣很纳闷,也不知道自己为什么感觉不到饿,有时候到了饭点还在做试卷。

他也知道得去吃饭,于是在心里说"马上就好,写完最后这道题就去吃饭"。结果题做完了他就忘记要吃饭这回事,非常顺手地翻到了下一张试卷接着做。

有天晚上在网吧门口偶遇"钢炮",周诣惊奇地发现连它都胖了。

"大瘦老鼠"现在换成周诣了,"钢炮"看到他都绕着走,嫌他瘦得手腕骨都突出来了,瘆人。

周诣买了袋小面包蹲在"钢炮"面前,给它嘴里喂一个之后,又往自己嘴里塞一个。他咀嚼的表情很勉强,因为他根本咽不下去,最后强撑着吃完半袋。

"钢炮"美滋滋地舔爪子的时候,周诣干呕了一声。他败了,他的食量败给了一只猫。

周诣骂着抹了一把嘴,把小面包扔在"钢炮"旁边,臭着脸回学校了。

他一推开门进寝室,一个舍友猛地站起来盯着他。

周诣寻思着这老弟是不是傻了,犯什么毛病呢?他理都懒得理舍友,躺到床上玩起了手机。

舍友转过身来,继续盯着他看了三分多钟,见他到现在都还没发现,才大着胆子问:"周哥,你刚才出去是有急事吗?"

"买东西。"

舍友"哦"了一声，硬着头皮说道："那你为什么不带手机？"

"我非得微信付？现金不算钱？"周诣斜睨了他一眼，不耐烦全写脸上了。

舍友干巴巴地笑了笑，说："你以后还是带着手机吧，别放在寝室里。"

周诣没接话，觉得这人莫名其妙极了，叨叨个没完。他划了一下手机屏幕，发现有两个未接电话——陈铎打来的。

周诣猛地从床上直起身，赶紧拨电话回去。

对方已关机。

舍友被他的巨大反应吓了一跳，到嘴边的话都不敢说了。

周诣突然反应过来似的，瞪着舍友，质问道："你挂了？"

"不是，"周诣没等他回答就从床上跳下来，推了他的肩膀一把，"谁让你挂的？！"

舍友捂着肩膀，低下头小声说："姜辉。"

周诣胸腔里一股火直冲脑门，气得他双手叉腰站在原地，看着鞋尖深呼吸好几次才忍住打人的冲动。还没等他缓过来，舍友又说了一句："他睡午觉，说吵，就让我挂掉。"

你没自己的主意啊，他让你挂你就挂？！

周诣简直连骂都不知道从哪儿骂起了。

陈铎因为训练累得半死不活，一边擦汗一边给他打电话还被挂

第七章 值了

了,真是。

周诣越想越气,气得他连手机都拿不稳,"啪"的一声手机掉在了地上。

舍友手快地帮他把手机捡起来,嘴里含混不清地说了好几遍"对不起",一边道歉一边往寝室门口退,转身赶紧跑路。

周诣又好几次试着给陈铎打电话回去,对方没接,他只好再给葛赵临打电话。

电话通了那一刻,周诣心里还是有最后一丝希望的,问:"陈铎找你了没有?"

"找了,"葛赵临吊儿郎当地说,"三个月之前找过我。"

周诣骂出一句脏话,把电话挂掉了。

周诣臭着脸上天台的时候,一眼就看到姜辉正跟几个男生聚在一块儿说笑。他走过去,二话不说,当着这么多人的面,薅着头发把姜辉拽了出来。

他压着嗓子里的怒火质问道:"以前就没见你睡过午觉,今天是故意找事呢吧?"

姜辉的脑袋被周诣压得很低,旁边有人在朝这边看,这脸丢得让他下不来台,他吼道:"到底是谁找事?你有病!我怎么你了?"

周诣掏出手机,把屏幕按在他的脸上:"两次都挂了?"

姜辉艰难地看清了屏幕上的通话记录,"陈铎"这两个被标红的大字让他心里"咯噔"一下。

"我又不知道是陈铎!我以为是谁呢?一直打个不停,吵死人了!"他辩解道。

周诣还想说什么,手机忽然"叮咚"响了一声。

陈铎发过来一条消息:"在吗?"

周诣激灵了一下,手忙脚乱地打字:"陈铎?"

陈铎几乎是秒回:"嗯。"

姜辉嘴里不干不净,骂骂咧咧地躲到一旁。

周诣压根儿没听见,他想说的那句话才打出来一半,就被陈铎抢先发过来了:"周哥,你也要照顾好自己。"

周诣闭了闭眼睛,鼻头跟着发酸。

陈铎的时间非常紧迫,他直接打来电话:"喂。"

他的声音变了很多,透着一股浓浓的疲累感。周诣心里一沉,问:"训练很累吗?"

"不累。"

"我以为,"周诣叹了一口气,"报喜不报忧这种傻事,只会对家人做。"

"你就是。"

周诣愣了一下,苦笑道:"那我宁可不当你的家人。"

——我真的,一点儿都不想看你逞强。

"好,"陈铎看着手指上的几道伤口,坦白了,"累,累得要命。"

"那就回来。"周诣半认真半玩笑地说。

第七章 值了

陈铎没接话,周诣听见他那边没声音了。

过了一会儿,陈铎才轻声说:"手机不能偷玩太久。"

周诣知道,"嗯"了一声,说:"再见。"

他说完,静等着陈铎挂断了电话,又深深地叹一口气,闭上眼睛吹了一会儿风。

周诣本来在心里攒了很多很多话想说给陈铎听的,想问他过得好不好,训练得怎么样,适不适应 N 市的天气,口袋里的钱还够不够用。

但听到陈铎的一句"不累"之后,周诣所有预演好的一切,都瞬间垮掉了。

他心疼陈铎,却无能为力;想帮陈铎,却无从下手。

这种挫败感带给了他最大的冲击。

一下午,周诣的心情都闷闷的。他一直在刷试卷,放学之后没心情去寝室面对姜辉那帮人,选择直接回了家。

周诣进门的时候,周母看了一眼,放下手里的毛线团,跟他说:"上楼去换件严肃点儿的衣服,我带你出去吃饭。"

严肃点儿的衣服?

周诣"哦"了一声,感觉很不对劲儿,但又说不出来。他走到一半,越来越觉得反常。

周岐往楼下走的时候突然崴了一下脚,脑门撞到了周诣的胸口上。

周诣反应很快地扶住了她，低头一看她的脸色——臭，几年难得一回那种臭。

周岐压着嗓子跟他说："饭局。"

周诣愣了愣，这才发现她脚上居然穿了高跟鞋，看着非常别扭，就像是看老爷们儿穿碎花裙跳舞一样，诡异且违和。

周岐皱着眉重复道："饭局。"

"什么？"周诣反应过来了，转头冲着周父大声说，"我都快高考了，你让我参加什么饭局？"

周父吼回来："你高考什么？那不还有一阵子？吃个饭怎么了？！正好有个跟你差不多大的小姑娘也去吃饭，人家是好学生，你也跟着学学！"

"能不能别耽误我高考？！"周诣烦躁地揉了一把头发。他一摸脑袋才想起来自己的头发已经剃了，只能揉"卤蛋"了。

周父冷笑一声："耽误什么？你那点儿分数耽不耽误有什么区别？！还不如向好学生取取经！"

周诣有生以来第一次烦得要命。周父连拖带拽地把他弄上了车，周岐也上来了，"难姐难弟"臭着脸坐在车后座上，像对被押解的犯人一样，被带到了餐厅。

这家西班牙音乐餐厅周诣来过，价格死贵，饭还难吃，投资都花在装修上了，是典型的有钱人装面子的场所。

第七章 值了

周父带周岐上了二楼,周诣跟着他妈去了一张桌边,有一对父女坐在那里,眼神闪躲,周身气质和这家餐厅的奢华场景格格不入。

"你们来多久了呀?不好意思,我儿子刚放学回来,"周母冲他们笑了笑,跟周诣介绍说:"叫邱叔叔就行,这个小姑娘叫邱颖,比你小一岁。"

邱父赶紧站起来请周母入座,有些受宠若惊:"您说话太客气了,快坐吧,快坐下说。"

周诣礼貌性地冲他点了点头,低声地说:"邱叔叔好。"

"阿姨,您好。"邱颖同时出声。

邱颖没想到他们一开口说话就撞上了,下意识地去看周诣。

周诣连扫都没扫她一眼,坐下低头看菜单。

"哎,你跟颖颖打个招呼呀,自我介绍一下嘛。"周母笑着晃了晃周诣的胳膊,"把菜单给颖颖,让女孩子先点。"

邱颖摆了摆手说:"没事,阿姨,那就我先自我介绍吧。我十七岁,在实验中学上高二,文科重点班,平常爱好也就是去图书……"

"周诣,十九岁,十中复读生,"周诣突然把菜单递给了她,"点。"

邱颖愣了一下,伸手接菜单的时候和周诣对视上了。

周诣的眼神没有半点儿闪躲,他就这么直直地看着她。

这人的压迫感太强了。

邱颖甚至从他的眼睛里看到了自己。她瞬间败下阵来,有些慌乱地把视线挪开了。

邱颖掐了一下手心,连呼吸都不敢使劲儿了。

邱父看出自家闺女露怯,赶紧圆场:"她就是读书读傻了,张口闭口就图书馆的。哎,周诣,你初中是在实验中学念的吧,那你们……算半个同学?"

"算。"周诣往后仰,靠在了椅子上,"您觉得算,就算。"

邱颖点完菜,努力回想了一遍周诣刚才简短的自我介绍,生硬地扯着话题:"你在十中念书,哦,挺好的。"

周诣忍着脾气"嗯"了一声。

他没直接甩脸走人,纯属知道对方脸皮儿薄,而且还是个互相认识的饭局,不能让人当着长辈的面下不来台。

"那……"邱颖显然不知道该说什么了,"那你知道陈铎吗?我和他是一个初中的,他比我大一级,也在十中念书。"

周诣挑了挑眉,说:"知道。"

"那你知道他那年中考破了最高分纪录吗?"邱颖语气有点儿上扬,"他和十中的学生不是一个档次的。"

周诣"哦"了一声,这小姑娘好像是个陈铎的傻"迷妹",不过未免也太傻了。

陈铎中考的时候竞争对手有谁,她都不查清楚吗?

——坐在你对面的人,就是其中一个,还是陈铎最害怕的那个。

"都在一个学校还分什么档次?!"邱父笑着打了个哈哈,"你这

第七章 值了

孩子说的,真是。"

"分,为什么不分?"周诣打断他的话,"确实不是一个档次,您女儿没说错。"

"嗯……"

空气中弥漫着一股尴尬气氛,周母见情况不对,立刻换话题调节气氛,查户口似的一个劲儿地问邱颖问题。

周诣听着越来越困了,低头拿出手机看了一眼,无聊地夹了几口菜吃。

一直到吃完饭回家,周诣的脸色都是臭着的。

周岐那边的相亲局也黄了,对方嫌她学历太高,还没生活常识。

这下周父气得不轻,回来就指着周诣的鼻子骂:"你!老子辛辛苦苦给你找个同龄人交朋友,你什么毛病?!你跟人家好好学学怎么为人处世,高考完上大学给老子老老实实地走正道很难吗?!"

"为人处世……"周诣简直气笑了,"她就是个小姑娘,我跟她学什么为人处世?"

周母忧愁地握着毛钱团,说:"你看看人家小邓,走正道之后不就安稳过日子了?你学学小邓不好吗?"

"你要是非得学邓荣琦,给我找个一起玩的人,你找个靠谱儿的行吗?"周诣有点儿不耐烦了,"刚才那个邱什么的,你看不出来她爸满脑子在想什么吗?"

203

"邱颖她家确实条件差,但是你邱叔叔想跟我们家搞好关系借点儿钱也没错。"周母说话的声音越来越小了,"我也没错,邱颖学习好,能带着你往正道上走,邱叔叔急着用钱,觉得读书没用,但是……"

"我有好朋友。"周诣打断她的话,"是陈铎。"

周父大步跨上前,立刻甩了他一耳光,吼道:"陈铎这种人你都敢玩到一起去!我看你是吃了熊心豹子胆了!"

周诣没躲也没生气。他刚才就是直视着周父说出这句话的。

主动挑衅的人,是他。

周诣用舌尖顶了顶口腔的侧壁。这一巴掌的力度对他来说不算疼,既然家里人非要他交朋友,那他就实话实说。

周母吓得手里的毛线团都掉在了地上。她赶紧站起来拉走周父,劝道:"他以前和类似陈铎这样的人玩得也不少,你打他干什么呀?!"

周岐盯着笔记本电脑,头也不抬地说了一句:"跟陈铎玩怎么了?"

周父的怒火一下子又蹿高了,他训斥道:"你说跟陈铎玩怎么了?!我没说不让他跟陈铎认识,但是交朋友绝对不行!况且他们这性格怎么交朋友?不得天天打架闹事?!"

"哦。"周岐一边打字一边说,"那就不打架不闹事,有矛盾内部解决,不是更好吗?"

第七章 值了

周父瞪着她,硬是被她这轻飘飘的两句话给气蒙了。他冷笑一声,说:"行,你们一个让人省心的都没有,一个让人省心的都没有!你们气死我得了!"

"我不想气死你,"周诣不嫌事大似的说,"而且,我还想带陈铎来家里玩呢。"

周父一听这话,浑身打战地在原地转了个圈,想找根烟都没找到,絮絮叨叨地说:"太气人了,气死老子了。"

周诣拿起旁边的打火机和烟扔到他手里,像个流氓痞子似的说:"抽了我递的烟,就别生我的气。"

周父赶紧抽烟冷静下来,问:"陈铎怎么跟你这种浑蛋玩意儿交朋友?"

"谁知道呢?"周诣低着头说,"反正是我先主动接近他的。"

周母把毛线团捡起来,又握在手里:"他现在考上大学了,你还够得到他吗?"

"我确实够不到他,"周诣嗤笑一声,"他哪方面都比我优秀,我们一块儿玩,算是我高攀他。"

周父冷笑连连:"你就是想耍人家吧,我还不知道你是什么臭德行?"

周诣懒得跟他废话,掏出手机,找了一张陈铎的照片,递给周母看。

周母对着手机屏"哎哟"一声,感叹道:"这孩子长得真秀气。"

"一边儿去。"周父抬高音量,指着屏幕问周诣:"这娃娃毕业了吧,在哪儿上大学?"

"N市,"周诣顿了一下,补充说,"特警专业。"

"哟,是个警察呀。"周母拍了一下大腿,激动地说,"警察好,铁饭碗,听上去多有面子!"

周父的脸色稍微缓和了些,声音也没那么硬邦邦的了:"这职业不安全,万一……"

"呸,"周诣截断他的话头,"现在治安这么好,哪儿有那么多万一,你少咒我兄弟。"

"兄弟?"周父又拔高音量,"你看你瘦成那猴样,谁愿意跟你当兄弟?"

周诣张了张嘴想反驳,最终却什么也没说。

从陈铎那次回短信之后,周诣再发过去的消息,他隔三岔五就能回上一两句,打电话的频率也变成了三天一次,但通话时间非常短,从没超过五分钟。

电话打通的时候,周诣也不知道该说什么。互相问候一声,两个人就双双沉默了。

周诣能听出来陈铎说话的语气很疲累。他每次都是晚上训练完才有空打电话,本来人就话少,再加上浑身累得发麻,更是没有半点儿聊天的欲望了。

第七章 值了

过年陈铎也没回来,周诣有点儿失望地回了他一个"好吧",把手机关机扔在床上,下楼去吃年夜饭。

周诣下楼梯的时候眼前黑了一秒,落到一半的脚瞬间就踩空了。幸好他身体比脑子反应快,迅速抓住了楼梯扶手撑住自己,动作狼狈得不行。

踩空那一秒他下意识地就把尖叫忍住了,没让父母发现这堪称惊险的一幕。

不过周岐就在周诣后头,看得清清楚楚,表情复杂地看着他的脚踝,已经瘦到骨节突出,只剩外面一层皮了。

周诣坐到餐桌边,一声不吭地吃着年夜饭。他张嘴进食和吞咽的动作都很缓慢,看起来十分勉强。

周父憋住怒气偷看了他好几眼,强忍着没发作。

周诣小鸡啄米似的吃了几粒饭和一口青菜,满桌子的肉碰都没碰,就站起来说吃饱了。

周父突然拍了一下桌子,恨铁不成钢地怒吼:"大过年的数你最晦气!什么不人不鬼的东西!"

"你这说的是什么话?"周母也忍了很久,红着眼睛瞪周父,"不就是因为高考吗?不就是压力大吗?!你犯得着这样说他吗?!"

周诣抿了抿嘴,什么也没说,低着头转身要走。

"滚回来!"周父怒喝一声,"这桌子饭,你要是不吃光,就别想上楼!"

周岐撂下筷子，冷着脸说道："我明天带他去医院检查。周诣，走。"

"走什么走？他敢往前动一步，老子就把他的腿打折！"周父抄起啤酒瓶往桌角砸去，用碎啤酒瓶指着周诣，说，"滚回来吃饭！"

周诣让他给喊烦了，在椅子上坐下，直接把几盘菜拿到面前，不要命似的往嘴里胡乱塞，连嚼都没嚼就咽下去了。

他这回就彻底证明给周父看看，到底是他不想吃，还是他真的吃不下。

周母哽咽着在旁边喊"别吃了"，周父不停把菜都端到周诣面前，一股脑儿地倒进他的碗里。

周诣塞得满嘴都是，鱼刺卡进喉咙的时候，他干呕了一声，胃里还没消化的食物瞬间翻涌回口腔。他赶紧冲进厕所跪在马桶前，张嘴就吐了出来。

周诣紧掐着脖子，皱着眉毛疯狂呕吐。

周父在客厅里和两个女人吵架，周诣听见周母在号啕大哭，周父把桌上的瓷盘碗筷一扫，通通砸碎在地上。

周诣强吞到肚子里的东西全都被吐出来了，胃里一阵剧烈痉挛。他脑子嗡鸣了一会儿，什么声音都听不见。

他的肚子瘦得几乎只剩一层皮，暴突的肋骨根根分明，嗓子眼里又干呕出几股酸水，舌头麻木得仿佛感觉不到味道。

实在没东西能吐了之后周诣才慢慢止住动作，虚脱了一样瘫坐

第七章 值了

在地上。

周父摔门离家,周岐在安慰痛哭不止的周母,周诣坐了好一会儿才慢慢爬起来。他挪到水池前洗脸,抬眼的时候看到了镜子里的自己。

他确实瘦得眼眶凹陷、皮肤松弛,眼球突出得吓人,几根紫红色的血丝分布在眼白里,嘴唇严重干裂起皮。

周诣闭了闭眼睛,像浑身气力都被抽尽一样,面无表情地走回了房间。

他的厌食症和低血糖的毛病严重之后,失眠也变得越来越频繁,在床上翻来覆去地变换睡姿,怎么睡都睡不着。他从床头抽屉里拿出安眠药,一按才发现空了。

"唉。"

他这段时间一次体重都没称,也不敢看体检单上的准确数据。

他比谁都清楚自己已经瘦得没人样了,躺在床上的时候,后背肋骨硌得生疼,只能靠安眠药强行入睡。

有好几次早晨一睁眼,周诣发现连枕头都是湿的。即使他睡着了,眼泪还是照流。

第二天周岐带周诣去医院看病,抽血化验体检完,确诊了是厌食症,而且已经严重营养不良,医生说他以后还可能会暴饮暴食。

周诣这下又得吃药,又得做心理疏导,还得隔几天就来医院打营养针输液。

说实话听完这些话之后他挺不耐烦的,离高考就剩几个月了,现在哪怕一秒钟的时间他都耽误不起,哪儿还有精力去搞这些东西?

高三生的寒假只有短短几天,开学的时候周诣攥着体检单去了学校,到办公室找班主任。他发现人不在,就把体检单放在了桌上,然后回寝室。

班主任一放学就找他谈话了,这种事即使用词再委婉,想要表达的本意却依旧很伤人。

班主任建议他去医院做尿检,然后把报告单上交到学校当作证明。

寝室里没人,周诣在床上搭起一张懒人桌,脱掉鞋上床做试卷,一直做到了晚上下起小雨。

周诣一遇到下雨天就容易犯困。他把笔扔了,伸了一个懒腰之后掏出手机,给陈铎发短信:"训练完了吗?"

十分钟过去后,陈铎回了个字母"e"。

周诣无奈地笑了笑,也就只有他能看懂陈铎在说什么鸟语了。

陈铎最开始只是懒得打字,现在却是手酸得打不了字。

从"嗯"到"en"再到"e",周诣估计他不久后就要只发句号了,甚至只回空格。

"我想看看你。"周诣说。

第七章 值了

陈铎没再回短信,登录上微信之后,打来了视频电话。

周诣犹豫了一下,还是接了,然后就目瞪口呆地看着陈铎。

他黑了不少,模样也变化很大,短寸、青皮,眉尾还有伤口,显得整个人非常凶。周诣的脑子里突然蹦出一个词——野性。

陈铎应该是刚夜跑完,额头上的汗顺着流进了眼睛里。他看周诣的眼神有些冷冽,没开口说话。

周诣心里有些不是滋味,苦笑道:"是不是嫌我这么大个人了,还照顾不好自己?"

"是。"陈铎没有半点儿犹豫地说。

周诣看了看自己瘦骨嶙峋的胳膊,说:"你回来之前我肯定养好。"

陈铎沉默了一下,问:"体重多少?"

"六十二公斤,"周诣说着都觉得吓人,又告饶,"别骂我,你最瘦的时候一百零九斤。"

陈铎刚想反驳他,旁边就有人出声:"还跑不跑?"

周诣看着出现在陈铎旁边的男人。

没错,男人。

这已经和十中的愣头小子们不是一个级别的人了,一句话形容身材,隔着运动服都能看到肌肉。

这人也看了屏幕里的周诣一眼,且只看了一秒,就把视线重新放回陈铎的侧脸上。

"不了。"陈铎拒绝。

男人点了点头,没多说什么,把手里的半瓶矿泉水递给陈铎,自己去继续跑步了。

"啧。"周诣有点儿不爽。

陈铎说:"你高考前一天,我回去。"

"不耽误训练吗?"周诣听完这话也没怎么高兴。

"训练哪有你高考重要?"陈铎笑了一下。

周诣也笑了一下,换话题问道:"陈铎,高考完能不能麻烦你件事?"

"你说。"

"我不能自己一人回家。"周诣说,"我妈让我带好朋友回去。"

"这是在邀请我吗?"陈铎挑了挑眉。

周诣非常局促地低下了头,陈铎这语气一听就知道是在明知故问。

"不是。"他把自己想烦了,嘴硬得很。

"没关系,我觉得是就够了。"陈铎看着他气呼呼的模样,笑道,"我以为咱们早就是好朋友了。"

这回轮到周诣愣住了,愣完之后他细想了一下,好像确实是这样。

周诣有点儿尴尬,换了个话题说道:"我过几天就填志愿了,你毕业之后是要留在 N 市,还是调到其他城市?"

第七章 值了

"不用了,我考虑得比你早,"陈铎说,"我去找你。"

周诣愣了愣,没反应过来似的问:"去哪儿?"

"B 市,"陈铎觉得他这天反应迟钝得有点儿傻,"你自己跟我说过的,要报 B 市的学校。"

周诣连着"哦"了好几声,问:"名额多吗?"

"我在争。"陈铎说。从入学的第一天起,他就已经在争了。

他看了一眼手表,低声说:"时间到了。"

周诣强压住心里的不舍情绪,"嗯"了一声。

"挂了。"

陈铎没他那么多乱七八糟的想法,看到他点了点头之后就挂断视频了。

高考前一天,陈铎回来了。

彼时阳光灿烂,周诣的心情比天气还要好上三分。

陈铎直奔十中找人,周诣在校门口等着,看见陈铎的时候本来想说兄弟抱一下,张开胳膊没几秒又放下了。他怕身上的骨头硌到陈铎。

"养回来这么点儿?"

陈铎的脸色有些差,周诣只比视频里胖了那么一点儿,依旧瘦得像个难民。

周诣噎了一下:"忙。"

陈铎没再说什么，拉着周诣去了食堂，以后周诣吃饭他得亲自看着。他怀疑周诣这段时间吃饭要么是敷衍性草草了事，要么就是只吃一半然后把饭盒扔进垃圾桶。

周诣低着头沉默吃面，一把盛满肉的勺子被放到了他的碗里。他抬头，陈铎已经低下头继续吃饭了。

刚才陈铎一直在把自己碗里的肉挑出来给他。

周诣的心里难受，他说了声"谢谢"，装作什么事都没有一样，把肉全都吃光了，然后赶紧喝水，压住呕吐的冲动。

他不能再让陈铎对他失望了。

周诣率先吃完饭，而且吃得很干净，连汤都喝光了。他跟陈铎说他要出去消化一下，陈铎点了点头，提醒他别着凉。

周诣走出食堂，拐了个弯到垃圾桶旁边，捂住肚子张开嘴就呕了出来。他现在的胃对肉类真的是接受无能，吃进去那几片肉之后整个人都麻木了。

周诣吐完又喝了半瓶水漱口。他的腿有点儿发软，刚转过身就踉跄了一下。

陈铎正站在他身后，低头靠在墙上沉思。

周诣心里一瞬间"轰"的一声。他抿了一下嘴，说："唉，我真的……"真的挺没用的。

他连饭都吃不好，不是废物是什么？

"对不起。"除了道歉之外他说不出别的话。

第七章 值了

陈铎没说话，叹了一口气，拍拍他的后背示意没事。

周围早就有人往这边看了，而且没几个人不认识陈铎。在马问山道歉后，他们看陈铎的眼神有些复杂，少了一丝嫌恶，多了一丝怜悯。

葛赵临一听陈铎回来了，就屁颠屁颠地从网吧过来了，跟陈铎叙旧个没完。

陈铎一边听他说话，一边透过教室玻璃看周诣，视线一直就没挪开过。

换作以前周诣可能还挺高兴，甚至会看回去冲陈铎挑眉，但他现在不敢了。

陈铎刚才见识到他的厌食症有多严重之后，脸色就变得非常不友好。他叹气的那一刻周诣就知道他的心情已经不好了。

"你看着怎么越来越像周哥了？"葛赵临又打量了陈铎一遍，"剃了寸头简直一模一样，也太凶了。"

葛赵临继续自顾自地说些废话，陈铎没怎么听，敷衍地"嗯"了几声。他看了周诣这么久，一直没得到半点儿回应。

然而周诣刚才突然抬起头，对着他愣了一秒之后，又无端冲他扬起一个笑容。

陈铎面无表情地看了周诣一眼，果断转过身，看向自己的身后。

周诣的笑容一下子就没了。

知返

  姜辉在陈铎身后走楼梯，一边走，一边跟旁边的男生小声嘀咕有关周诣的事情。他走到楼梯拐角处的时候感觉有人在看他，回头一看，哟，陈铎。

  姜辉这段时间横得有点儿飘了，挑衅似的瞪了陈铎一眼，大声喊着说："某个姓周的人可太牛了，瘦得跟麻秆一样还逼能牛得不得了，哈哈。"

  葛赵临脸上的笑容僵了，他下意识地去看陈铎。幸好陈铎的脸色挺正常，没什么情绪，他只是平静地低头看了一眼鞋带。

  然而下一秒，陈铎暴起，把姜辉按到墙上。葛赵临一时没反应过来，愣好几秒之后才赶紧跑过去拉架。

  走廊里乱哄哄的一片，周诣透过窗户清清楚楚地看到陈铎两步就跨完了八级楼梯，直接惊得呆坐在座位上。

  更惊人的是葛赵临居然不敢拉陈铎。他站在陈铎旁边伸了好几次胳膊，但就是死活没胆子把陈铎拉开，生怕陈铎生气。

  周诣赶紧跑出去冲陈铎喊："行了，陈铎！"

  陈铎冷着脸放开了姜辉。

  葛赵临的手心都在发冷汗，他转身冲围观的人喊了一声："还没看够？"

  陈铎站在原地，深呼吸了好久才平复情绪。

  周诣走到他身后捏了捏他的肩膀，劝说道："莫生气，莫生气，他不值得咱生气。"

第七章 值了

"他说你多久了?"陈铎问,"为什么不找葛赵临?"

周诣捏着他的肩膀说:"这么点儿小事用不着葛赵临,高考完我自己去收拾他。"

陈铎甩了甩手:"你最好是。"

周诣连着"嗯"了几声,看着他的侧脸,想起件事:"陈铎,你看到那个帖子了没?"

"看到了。"陈铎说。那天数不清的人给他发微信道歉,他还没看帖子就已经猜到发生了什么事。

说实话,挺意外的,他从没抱有过马问山会良心发现的期望,没想到马问山会搞这么一出。

"你没什么想说的吗?"周诣"啧啧"地说。

"祝他以后的日子重新做人吧。"陈铎说。

说起"重新做人"四个字,周诣又想起一件事。他进教室拿出一个信封,回来递给陈铎,说:"你妹妹让我给你的,我数过了,八千。"

陈铎皱眉,刚想张口说话,就被周诣打断了。

"钱是干净的,她把奇装异服都卖了,"周诣仿佛知道陈铎在想什么似的,解释道,"说以后要好好学习,也不知道是真是假。"

陈铎很不给面子地笑了一声,说:"八成是三分钟热度。"

"我也觉得。"周诣跟着笑,"我回教室复习了。"

"嗯。"

217

教室里的高考倒计时从七天变成了一天，周诣在最后这一天选择了回归课本，再把重点知识背一遍。

他现在对高考完全不紧张，做卷子快做到浑身抽搐了，心里巴不得赶紧高考完。

晚上他收拾好成堆的试卷，洗漱完之后就早早上床睡觉了，但没睡着。

眼睛明明是闭着的，但过了半个小时他还是没睡着。

半夜两点的时候周诣还拿出手机刷了一会儿微博。他这根本不是因为紧张才失眠，他怀疑自己纯属激动兴奋过度。

微博上很多人在刷"高考加油"，还发了各种振奋人心的鸡汤，周诣看着看着就困了。他关上手机前看到的最后一句心灵鸡汤是"未来的你一定会感谢现在拼命努力的自己"。

他现在就挺感谢了，感谢到都得厌食症了。

其实他也在想自己这么拼的理由是什么。

让那些老同学看看自己的实力？跟父母证明自己不是只会犯浑？还是想脱离没文化、没学历的环境，不再过在省会时的那种浑浑噩噩的生活？

可能都是，也可能都不是。

真正的理由应该是，他拼命往自己的脑子里灌输知识，提升自我价值，是为了以后和真正出色的人相处时，能有拿得出手的东西。

他初中的时候不懂事，以为拳头是最厉害的，过了几年才发现

第七章 值了

不是这么个理。

生活给了周诣很大的教训,让他明白知识远比拳头更有力量,满肚子学识的人,才是真的酷。

高考最后一科交卷,周诣踩着铃声出了考场,第一个走出校门,在人群中一眼就找到了陈铎。

陈铎递给他一瓶养乐多,问:"发挥得怎么样?"

"不错。"周诣的手上有点儿汗,他没打开瓶盖,又把养乐多还给陈铎,说,"都是些做烂的题,最低都能考六百分。"

陈铎给他打开瓶盖递回去:"这么有信心?"

"那必须的。"

陈铎"啧"了两声,问:"什么时候去你家?"

"这么迫不及待了?"周诣挑眉,"我跟他们说好了,现在就去。"

"好,"陈铎顿了一下,又说,"我得带点儿东西去吧,补品之类的。"

"用不着,你人到就行了。"周诣说。

陈铎摇了摇头:"不带不合适。"

"合适。"周诣拍了一下他的头,说,"听话,好兄弟。"

到周诣家的时候是晚上八点,陈铎进门前掐了掐发汗的手心,努力保持住友善的微笑。

周诣看出他有些紧张,什么也没说,拍了拍他的肩膀。只在一瞬间,陈铎的心便安定了下来。

"爸、妈、姐,"周诣带着陈铎站定在茶几前,介绍他说,"这是陈铎。"

"阿姨好,姐姐好,叔……"陈铎的话还没说完,周母便"哎哟"了一声。

"这真人比照片上还好看!"周母喜滋滋地走上前来,握住了陈铎的手,说,"好孩子,快坐,快坐。"

周诣愣在原地,翻了个白眼。

周父不屑地"喊"了一声,转头对周岐说:"看你妈殷勤成那样,至于吗?"

"不就长得跟个明星似的,真是。"他又酸溜溜地补上了一句。

"长得就是比你好看,"周母白了他一眼,看陈铎的眼神比看周诣这个儿子还亲,"还是特警,多伟大,多光荣!对吧?小铎。"

陈铎本就话不多,碰上这种场面更是手足无措,只好配合地点了点头,说:"不敢当。"

他说完,转头看着周父笑道:"叔叔好。"

"哼!"周父嘴上不饶人,目光却一直在陈铎身上瞟,干巴巴地回应,"你好。"

不说别的,就陈铎这张堪比娱乐圈明星的脸,和身上这股清冷淡然的气质,就已经让绝大部分同龄人相形见绌。

周父气定神闲地点了根烟,问周诣:"先不说别的,你考得怎么样?"

"六百分以上吧,"周诣仔细估了一下分,"六百二十分左右。"

周母说:"这么厉害?!"

"周诣,你之前打算报B市的大学吧?"周父吸了一口烟,缓缓吐出,看着陈铎,问:"我没记错的话,陈铎,你是在N市上学?"

陈铎原本紧张的心一点点冷静下来,他迎上周父的视线,语气平稳,却坦荡而坚定:"是的,但毕业后,学校会分配B市特警总队的调入名额。"

"你有把握?"周父正色问道。

"我在争取。"陈铎掐了掐手心,诚恳地盯着周父。

周父看了他一会儿,沉默良久后,探身拿过烟灰缸,按灭手中的烟。

"行。"周父深吸一口气。

周母眉开眼笑:"小铎,你也知道,周诣从小就不懂事,他以后要是敢跟你打架,你一定得告诉我,我给你做主。"

"嗯,好。"陈铎点了点头,乖巧得像只小绵羊。

看出陈铎一直紧绷着神经,多少有些不自在,一直安静的周岐发话:"周诣,带陈铎去你的房间玩会儿吧。"

周诣说了声"好",从周母手里捞走陈铎,拉着他去了二楼的房间。

陈铎的那句"我在争取"不是说着玩,他是真的从一开始就在

知返

争调入 B 市特警总队的名额。

刚去 N 市的那几个月周诣联系不上他,是因为到了休息时间他也没有闲着,喝水擦汗之后,一个人接着练。从入学到毕业,每一次集训、演习、军事表演他都争做模范生,每门科目他都在争第一。

他没有跟周哥提过这些事。他只需要让周哥知道,他一直在努力就够了。

——我什么都不说,但我什么都在做。

四年后,周诣从床上醒过来的第一件事,就是看向客厅。

陈铎太有种了,又走了。周诣烦得简直想骂娘。

陈铎被调到 B 市之后一天比一天忙,打电话的时候不是在出警值班就是在训练备勤,只有晚上才能说一会儿话,说着说着就没动静睡着了。

更要命的是,周诣也忙得飞起。

他大学毕业之后就留在了 B 市创业,失败过一次,第二次稍有起色,每天忙得像个陀螺,忙发展、忙合作、忙开会,从不迟到也从不给自己喘息的时间,就连除夕都在加班。

他一放松,公司可能就垮了。他又不是小说里那种什么令人闻风丧胆的霸道总裁,顶多算个稍有天赋的年轻人。

年纪小且资历浅,被别人骗过、坑过的次数他自己都数不过来,一不小心指不定第二天就破产,他高考的时候都没这么紧张。

第七章 值了

因为他忙，陈铎也忙，所以他们的相处状态非常奇特。

他跟陈铎可以连续半个月不说话，不见面。

周诣记得很清楚，有一次陈铎出任务要上交手机，保密工作规定不能联系人，也不能告诉他去哪儿和去做什么。他很担心陈铎会受伤，陈铎一直安慰他说不会出事。

可周诣还是连续十五天都没联系上他，所以连出了国都没能告知他。

陈铎回来之后找不着人，电话也打不通，以为周诣在跟自己闹别扭。

周诣彼时在国外忙到头昏眼花，还确实真忘了这件事情。他想起来的时候赶紧打电话回去，结果陈铎又大半夜出任务联系不上了。

周诣心很累。

毕业以后这几年，周诣偶尔会酗酒，因为压力实在太大。

虽然身体养回来了，但因为长期饮食不规律，他还经常头疼失眠，有时候会在大半夜突然暴食，或者持续性厌食一段时间。

周诣从医院牙科回到家，已经半夜十一点了。他中午吃饭的时候有颗牙齿断掉一半，刚在医院治疗完。

创业那会儿他天天应酬，根本吃不了太多东西，酒也喝不下去，吃完两口就赶紧出来吐。

酸水腐蚀了他的声带和牙齿，他的声音变沙哑难听的同时，牙也不中用了。

知返

陈铎正在厕所里洗澡。

周诣不适应牙齿的变化,感觉突兀得不行。他用舌尖顶了一下牙套,臭着脸去准备夜宵了。

半夜一点的时候周诣才处理好工作,回卧室睡觉。陈铎训练完一天很累,早早就休息了。

周诣刷了一会儿手机之后还是一点儿都不困。他刚喝过咖啡,睡不着。

"陈铎,"周诣带着鼻音哼了哼,"给我唱歌。"

陈铎有点儿困:"唱什么?"

"摇篮曲,能把我唱睡着的那种。"周诣说。

陈铎想了一下,《夏天的风》就挺合适的,但他现在只记得前面两三句歌词。

"夏天的风吹入我心中,你站在海边望着天空……"陈铎轻声试唱了一下,然后清了清嗓子,低声唱,"你说世界是多么辽阔,渺小的我们拥有什么……"

周诣在被窝里偷笑,陈铎唱歌时的声音比平常温柔好多,和学校广播里的感觉是一样的,一样清澈干净,一样温柔到骨子里。

"当时的我们还很懵懂……"

他在歌声里慢慢闭上了眼睛。

陈铎唱完前几句就不记得歌词了,低头看到周诣已经呼吸平稳地睡着了,鼻梁和额头上都密布着一层薄汗。

第七章 值了

他轻声说:"周哥。"

周诣本是睡着了的,恍惚间听到他叫自己,下意识地就"嗯"了一声回应他。

"自尊、求生欲、积极、自信、未来……这些早就已经在我心里破碎的东西,都是靠你一点点缝缝补补起来的。"

陈铎说到一半嗓子就哽咽得不行。他垂下眼帘,用睫毛藏住眼底快要抑制不住的泪。

"我受了这么多年的苦,这些苦加起来,才换来现在的生活。

"值了。"

番外一
周诣的十六岁

市一中学校大门外围聚着一群人,为首的那人穿着一身黑色运动装,用戴着戒指的手一个个指过去,清点人数。

"少了一个。"王恺数完,转了一圈手指上的戒指,问,"周诣那小子去哪儿了?"

"厕所。"正玩手机游戏的方际抬起头。

四周来来往往的全是市一中的学生,这一群人和他们格格不入。

在场的三个人加上最近和他们走得近的实验中学的学生周诣,有事没事就喜欢在街上闲逛玩闹,成天看起来无所事事的。

这件事情一开始还有人不相信,毕竟周诣一个实验中学重点班的尖子生放着中考不管,成天和他们游玩快活,多少有些不分轻重,最后无非是和他们一样去混日子,得过且过,浑浑噩噩地过一天是一天。

番外一　周诣的十六岁

没人能想明白周诣是怎么想的，也没人想去想明白他到底要干什么，除了周诣的父母。

周诣的父母在本地属于小有名气的富商，家里开了一家中小型陶瓷厂，年盈利不说上亿也有千百万，周诣打小过的就是吃喝不愁闯祸有余的快活日子。但这导致他虽智商拔尖，却不把成绩当回事，反正学历的高低不会影响家里的收入。

也就是说，在周诣的认知中，既然家里有钱，就可以坐吃山空依傍父母，不必为了出人头地而努力学习。

这种想法在他结识方际等人之后对他的影响越来越大，已经到了九头牛都拉不回的程度。

十分钟后，上完厕所的周诣翻墙从学校里边出来了。他"砰"的一声双脚落地，正好挡住一个男生的去路。

男生的个头儿和他相差无几，但肤色和他完全是两个极端。

那年周诣苦练中考体测黑成了煤球，陈铎却依然一身晒不黑的"冷白皮"。他单肩挂着书包，站定在周诣落脚的后方，身上洗到发白的蓝色校服在阳光的照耀下现出斑驳阴影。

周诣的视线在对方身上挂了一秒不到。他不认识这人，但感觉这男的是他最讨厌的那种。

毕竟哪儿有男的这么白？脸上跟涂了白似的。

周诣低头发现鞋带开了，蹲下去没几秒，陈铎便迈一步上前，声音从头顶不远不近地传来，清清冷冷的一句："借过。"

知返

周诣没理他，继续系鞋带。

"借过。"

即使是第二遍重复，陈铎的声音里仍不带任何情绪，没有被故意无视后的恼羞成怒，也没有故作硬气地压低声音，就只是平静而坦然地告诉周诣：我要过去，借过。

周诣这回动了，给自己的鞋带系上一个蝴蝶结，然后眼神移向旁边那双干净的板鞋。

那是陈铎的鞋。

陈铎意识到事情不对劲儿的时候已经晚了，周诣迅速一扯他的鞋带，接着站了起来，仗着自己鞋带已系好，一溜烟儿蹿了出去。

被恶作剧整蛊的陈铎，无奈地低头看着自己松散的鞋带，不知该说些什么好。

那时候陈铎还不知道，这个解开自己的鞋带的恶作剧少年，就是实验中学大名鼎鼎的周诣，要和自己竞争中考第一的最强劲的那位对手。

而同样，周诣也不知道，这位冷白皮少年，正是人们口中市一中的年级第一名，自己稍有不慎就会被其挤下第一名"神坛"的另一位"神"。

他此刻满脑子只有恶作剧之后的快活潇洒，以及即将和兄弟们一起闯荡江湖的激情四射。

周诣的十六岁是恣肆欢快的，是无所顾忌的。他不知道所有命运中的礼物都暗自标好了价格,也不知道现今的虚度光阴需要靠日后多少个挑灯读书的夜晚弥补。他只知道,这天,他恶作剧地解开了一位陌生人的鞋带;这天,他依然是无忧无虑的"实验小霸王"周诣。

这天周诣和王恺一伙人聚在一起玩。

霓虹灯晃眼,音乐声聒噪又热烈,周诣听不清王恺嘟囔了什么,附在他耳边大吼一声:"什么?"

"我说,快中考了,你跟你家里到底怎么想的?"王恺扯着嗓子在他耳边吼。

"我跟他们,想法……"周诣竖了一根手指晃着,"想法不一样。"

"我建议你还是参加中考,能继续升学就继续升学。"王恺说。

周诣笑起来时,眼睛里满是闪烁灯光:"怎么,不乐意带我玩?"

"不乐意看你堕落,"王恺仰头喝了一口酒,敛眉正色地说,"你太干净了,跟我们不是一个圈子里的人。"

"干净。"周诣嘟嘟囔囔,重复了一遍这个词语。

不知为何,提起这个词语时,他的脑海中第一时间浮现的,居然是白天那个被他解开鞋带的傻小子。

兴许是因为那人穿的校服确实干净。初中这个年纪的男生很少有爱干净的意识,校服不是泛黄就是皱巴巴的不体面,而那人的校服像认真洗过之后又熨烫过一样,干净得不像话,皮肤也通透得仿佛能折射阳光一样。

"你想什么呢?"王恺伸出一只手在他眼前晃了晃,"我跟你说话呢,你想什么呢?"

"没什么。"周诣敷衍过去,"快考试的时候再说吧,我爸妈他们不同意我辍学,我也没辙。"

王恺叹了一口气,没再多说什么。

中考前一个月,周诣做了一件惊天动地的大事。

他私自在技校报了名,并且撕毁了自己的中考准考证,以行动告诉所有人,他不干了。

他自以为威风凛凛的果断行为,在父母眼里,成了断绝关系的导火索。

他被父母赶出了家门,接着又因为在技校打架被开除,生活开始走下坡路,最后不得不跟着王恺去另一座省会城市打工谋生。

他做过健身助教,卖过烧烤,做过地推和售楼营销,许多职业他一一尝试过。经历过社会的苦难之后,他恍惚觉得,原来学校才是世界上最好的避难所。

而最干净的回忆,永远停留在那个和王恺大谈人生规划的夜晚。

当时他以为,自己的人生还很长;当时他以为,自己以后一定会有所作为。

只不过现在,都成了他以为的以为。

番外二
陈铎的十六岁

放学回到家之后,陈铎开始为自己忙活晚饭。

临近中考,白天的学习量和晚上的作业量都明显增加,对他来说已经稍显吃力的工作量,对别人更是叫苦不迭。

一盘清炒土豆丝出锅,配上一碗香喷喷的白米饭,晚饭下肚之后,陈铎又把脑袋埋进了课本里。

他整理完几道错题后,手机振动起来,特意设置的来电铃声昭示着来电人的特殊——打电话的是他最好的朋友,齐敏书。

"喂?"

"小铎。"齐敏书那头很安静,有虫鸣声,陈铎能想象到他正在寝室楼底下的路灯边跟自己通电话。

陈铎没有合上错题本,一边扫视被红笔标注出的内容,一边"嗯"了一声。

"吃饭了吗?"

"吃了。"

"我没吃。"

齐敏书最近总爱开启这样容易引人关心的话题,同时,如愿以偿地得到陈铎的一句"怎么了"。

"心情不好吗?"陈铎又问。

"我想跟你商量一件事。"齐敏书放低声音说道。

"你说。"

"我希望,能和你在同一所学校上学。"

话音刚落,陈铎执笔的手顿了顿,他好似早就料到对方会讲出这句话一样。他既没有惊喜,也没有责怪,只是淡淡问了一句:"为什么?"

"你总是这样,"齐敏书笑着叹了一口气,"不悲不喜的,让我猜不到你在想什么。"

"为什么?"陈铎重复。

"我在这里……遇到了一些棘手的事情,"齐敏书停顿了一秒,又说,"和一些人。"

他没有继续说下去。陈铎是个聪明人,十中是什么样的地方就算不明说,通过只言片语的暗示便能知晓一二。

陈铎从前在新闻上看过不少类似的报道,却从未想过,有一天这些事会离自己如此之近,切切实实地发生在身边人的身上。而现在,身边人正向自己求救。

陈铎沉默了。

齐敏书的用词很考究,他没有问"你能不能报考十中",也没有直抒胸臆"我在这里没有朋友",他像许愿一样告诉陈铎:我希望我们能在同一所学校上学。

仿佛愿望实现与否都与他再无干系,毕竟压力给到了陈铎这边。

陈铎没有说话。他在解题,解数学试卷的最后一道大题。

他写下了"解"这个字,然后按照脑海中早已运用过百十遍的思路,精细缜密地按步骤写出过程,最后得出一个确信无误的答案,给这道题画上圆满的句号。

他擅长做数学题,却不擅长在人生的试卷上涂涂写写,尤其像此刻。

如果人生也像中考一样有无数遍试炼的机会,有老师引导思路指引方向,最后每次都能交上最正确的那份答案,那他便不会像此刻这样沉默三分多钟,任由手机保持通话状态一秒一秒过去,却始终给不出对方一个自信而恳切的答案。

可交白卷也不是陈铎的风格。

所以他说:"好。"

"什么?"齐敏书的声音像枯木逢春般又充满了生机,"好什么?"

"十中,我去。"陈铎说。

中考第二天的下午,最后一门考数学。

知返

即使升入高中后的很多个日夜里，陈铎仍会想起坐在考桌前的最后那几分钟，他在想些什么。

他看着试卷背面熟悉的最后一道大题，想起几个夜晚前自己一边解这道题，一边答应齐敏书会报考十中，人生总是如此荒诞又巧合，巧合到他此刻只想发笑。

他看向窗外渐落的晚霞红透半边天，电线杆上有群鸟栖息，心中没有半分处于人生转折点上的茫然或懊悔情绪，他甚至在思考兜里的钱够不够他这晚去吃一顿大餐。

他不免想到十中那种地方……如果齐敏书受不了，那他大概也会受不了。

如果齐敏书的愿望是他们共处一所学校，那陈铎十六岁中考这天的愿望，便是能顺利从那所学校毕业。

他不知道后来他要经历什么才得以逃出那片泥淖，不知道自己会遇到什么人，失去什么东西。

陈铎眼下的风景只有窗外的晚霞和落雁归家，心里装的只有对未来的畅想。他甚至期待自己成为帮助朋友逃脱深渊的那个勇者，甚至在期待，生活会永远像十六岁一样热烈且天真。

番外三
十中演讲

十中这所学校每一年临近高考时,都会召集全校师生到活动大厅,听往年的优秀毕业生演讲,给高三考生加油。

这一年,演讲邀请函同时被寄到了陈铎和周诣家里。

周诣第一时间随手把它扔进了垃圾桶里,和陈铎打完一通电话后,又心情复杂地捡了出来。

陈铎答应了校方邀请,说自己可以出席。

周诣想不通他为什么要回那种地方,那承载着他的痛苦、狼狈和委屈的深渊。

周诣以为陈铎会避之不及,没想到陈铎当天就订下了高铁票。

从 B 市到那座小城市,车票价二百出头,时长两个半小时。

周诣不放心陈铎一个人回去,于是推掉了自己全部的工作,订了同一趟高铁的票,陪着陈铎一起重回十中。

经年不见,十中已然翻新,原本破旧的铁门换成了人脸识别机,连门口站岗放哨的大爷都用上了新款智能手机。

校长亲自出来迎接他们,一路上谈论旧事,句句不离他们曾经的"黑历史",兴许是觉得这样更能拉近彼此之间因岁月而拉开的距离。

陈铎礼貌性地附和了几句,周诣在旁边听得脸黑,一声不吭地跟随在身后。经过一面优秀毕业生表彰栏时,周诣看到自己和陈铎的照片也在上面。

左边是自己,简介写着:信鸿有限公司总裁。

右边是陈铎,简介写着:森林警察学院优秀毕业生,现任 B 市特警支队队长。

周诣"啧"了一声。

校长领着他和陈铎在学校逛了一圈,曾经这所学校里染发烫头的学生遍地走,如今放眼望去却都是清一色的黑色板寸,眼神清澈,怀里抱着一摞厚重的书。

十中和他们一样,也在慢慢变好。

到了活动大厅后台,校长递给两个人两份不同的演讲稿,让他们熟悉一下。

周诣自主创业之后便学会了怎样去说场面话,看了两眼稿子便没再继续看。陈铎在旁边逐句读了一遍,忽然笑了一声。

周诣斜眼瞅他,问:"笑什么?"

"没什么,"陈铎把演讲稿折叠起来,"一堆废话。"

番外三　十中演讲

后台里还有即将登台表演的女生，叽叽喳喳地围在一起闲聊，闹哄哄的。其中几个人的眼神时不时朝陈铎和周诣的脸上扫。

陈铎的耳朵好使，听到一句："是不是表彰栏上的那两个人？"

另一个人低声说："是。"

"我听说那个姓陈的人以前在学校不怎么好，"女生压低声音悄悄地说，"好像坐在他旁边的那个人也不是什么好东西，为什么现在混得都这么好？"

"我也不知道。"

周诣和陈铎相顾无言。

十分钟后，主持人试完音，进来引陈铎上台。

她还特意问了一句："拿好演讲稿了吧？"

陈铎拍了拍裤兜："拿着呢。"

大厅里人头攒动，座无虚席。陈铎穿着一身最简单的黑衣黑裤登台时，场下爆发出一阵不小的欢呼声。

有几个嗓门大的男生阴阳怪气地拍起了桌子，看面相就是从前混迹在十中的那种人，向陈铎示威。

陈铎从前不会搭理这样的人，现在更不会。他只需要说自己该说的话，做自己该做的事，结果是好是坏，现在的生活就是答案。

他站定在演讲台正中央，一束光斜着落在他的头顶上，他目视前方，坦然面对迎面而来的所有打量目光。

他把演讲稿从口袋里拿出来，打开，把嘴唇凑近麦克风："各位好，我是曾经的优秀毕业生，陈铎。"

场面安静了一瞬间，接着响起"噼里啪啦"的掌声。

"很荣幸能在这里和大家见面，"陈铎照着稿子念下去，"我目前从事的工作是……"

陈铎突然把稿子折叠起来，安安稳稳地放回了演讲台上，说："时间有限，我就不说这些废话了。我在 B 市特警支队任职，二十六岁，十中最混乱的那几年，我经历过。"

他情绪没有波动地看向前方，平淡地说："我今天的演讲没有主题，大家想问问题请直接举手。"

台下立刻举起一片胳膊，陈铎随意指向看起来比较像刺儿头的一个男生。

男生提了提裤子站起来，仰着头，用一种极具挑衅的目光和陈铎对视："过两招儿？"

他身边的男生们拍桌大笑，看热闹不嫌事大似的高喊，立刻有老师过去呵斥了一声。

陈铎看了那些人一眼，脸上没有表情，但身子骨挺拔如松，目光从容，毕竟职业摆在那儿，即使什么话都不说，给人的威慑力也确实存在。

男生在老师的呵斥下坐了回去，跷起二郎腿盯着陈铎看。

陈铎又挑选了另一个男生，那个男生问出的问题仍然很犀利："你以前是不是经常欺负人？"

陈铎回答:"因为不想被别人欺负,所以学会了还手。"

"那你为什么又选择特警这么正义的职业?"男生问,"你配得上吗?"

"没有配不配得上这一说,"陈铎的声音通过麦克风放大,传到了每一个人的耳朵里,"我选择当特警,是想保护更多的人。"

"那你以前受欺负时是怎样做的?"

陈铎语气平静地说:"反击。"

男生噎了一下,另一个女生立刻站起来说:"就要以暴制暴,别人打你,你就应该还手打回去!"

周边立刻有人附和:

"对呀!"

"没错!"

"……"

"不,"陈铎用更高的声音打断他们的话,"以暴制暴是不对的。"

"假设所有遭受的暴力都可以通过另一种暴力抵消,这个世界会乱套。"陈铎的语气稍微放缓了一些。

"所以我们面对校园欺凌的时候该怎么办?"有人发问。

"在确保自己安全的情况下,用更成熟的方式反击,"陈铎淡淡地说,"实在解决不了的话,找我。"

"你会把欺负人的人怎么样?揍一顿吗?"

"我会送他进监狱。"陈铎说,"揍一顿只能解决短期内的问题,

知返

想要彻底摆脱这种生活,必须自己先强大起来,脱离那片环境。当身边这样的人变少了之后,你会发现这个世界并不是小小一所学校。世界其实是有光亮的,大部分人也都是善良的,你也会遇到同样善良的朋友。"

有人举手提问:"那你现在遇到那个善良的朋友了吗?"

陈铎"嗯"了一声,笑着说:"他在后台,遇到了。"

轮到周诣登台演讲时,气氛瞬间变了。

他没有像陈铎一样和场下学生探讨那么严肃的话题,也没有照着发言稿念,而是临场发挥了一段话,笑起来时没有半点儿总裁的架子,整个大厅弥漫着一股轻松的气氛。

他说:"我很感谢十中给予我复学的机会,但我还是想说,食堂的饭真的很难吃。"

台下的人笑倒一片。

"我的观点和上一位演讲者的一样,暴力从来不能解决根本上的问题,只有诉诸法律才是最有效的途径。等你们长大各奔东西,再回头回想在十中的这几年的生活,会发现其实自己能坚持学下来,就是一种难能可贵的成长经历。

"我从前办过很多浑事,也让父母焦头烂额过,但随着年龄增长,我意识到自己内心的空洞和浅薄,所以选择回归学校,给自己一个重新向上的机会。

"现在站在这里,我成功了。"

周诣朝台下微微鞠了一躬,掌声雷动。他笑了笑,接着说:"当然,如果你们有任何学业或者心理方面的困难,不仅可以找陈队,也可以找我。陈队出任务比较忙,我怕他累着。"

场下响起一片掌声,周诣听他们调侃了一会儿,拿起演讲台上的发言稿摆弄起来。他的目光扫过场下一片人头,最终定在一开始挑衅陈铎的那个男生身上。

男生察觉到台上看过来的视线,和周诣对视。

周诣挑眉:"至于怎么应对校园霸凌……"

"你,"他突然指向那位男生,"起来发言。"

男生愣了一下,被老师揪着站起来。大厅里几百道视线同一时间盯住他,难免让人局促,他说话磕磕巴巴起来:"我……问我干什么?"

"有没有人能告诉我他的名字和电话?"周诣笑道,"我会定期找他喝茶谈话,他带给你们的烦恼,你们随时可以跟我说。"

台下几个人犹犹豫豫地举起了手,男生的脸白一阵青一阵,他刚想说点儿什么,迎面突然飞过来一个东西,精准地砸在了他的额头上,然后掉在地上。

但他没有感觉到丝毫疼痛,低头一看,是用发言稿折成的一个纸飞机。

他听到台上的周诣笑了一声,说:"跟谁过两招儿?兄弟。"

番外四
演唱会

B 市工人体育场近几天要举办一场拼盘演唱会,《夏天的风》的原唱将要出席。

周诣得知消息后,立刻退掉了后天飞往 M 国的机票,蹲守在购票页面前,最终抢到了两张头排 VIP 座席。

彼时陈铎正在执行特殊任务,手机上都联系不上,周诣在陈铎家里等了一整夜,早晨才听到钥匙开门的声音。

陈铎带着一身疲累回了家,周诣打量了他一番说:"瘦了。"

"累的。"陈铎叹了一口气,揉了揉酸痛的脖子,"瘦了六斤。"

"疼得厉害吗?"周诣给他捏了一下后颈,"我给你按按?"

"按按吧。"陈铎说。

"得嘞。"

周诣带着陈铎来到卧室,收拾了一下丢在床上的合同和文书,给他腾出一片可以趴着的地方，捋平褶皱的床单，说："一会儿按疼了，跟哥说。"

"你悠着点儿，"陈铎想起周诣上次给自己按摩之后的感受，"我那天骨头差点儿都碎了。"

"放心，我这次有数。"

陈铎半信半疑地看了他一眼，趴到床上去。

周诣手法专业地用一块枕巾垫在陈铎的后颈上，比画了一下穴位，先适应性地给他揉了揉，接着"咔嚓"一声按了下去。

"我——"陈铎像条触电的鱼一样，疼得大声说，"停！结束！"

周诣笑着"哎"了一声，又嘲笑道："你不是吧……就这点儿承受力。"

"我给你按按试试，"陈铎没好气地揉了揉后颈上厚实的肉，烦闷地说，"我这儿是不是都起富贵包了？"

"是，比我太爷爷的还厚。"周诣说。

陈铎叹了一口气，裤兜里的手机忽然振动了一声。他掏出来看，是一条短信，发件人是工人体育场演唱会官方，内容则是他的座位信息和身份证号核对。

陈铎愣了一下，继而带着一种预感看向周诣，问："最近过什么节？"

周诣摊手："儿童节。"

"花了多少钱？我转给你。"陈铎说着便打开微信要转账。

周诣按住他的手阻止:"不去的是小狗。"

"汪。"陈铎有点儿尴尬地摸了摸后脑勺儿,说,"我可能确实得转你。"

周诣看着他:"理由?"

"我去不了,"陈铎语速很慢,透着一股难掩的局促感,"我这几天有个安保任务要执行,还没下发,但快了。"

周诣:"……"

"抱歉,"陈铎四肢僵硬地从床上爬起来,周诣的脸上已经完全没有表情了。陈铎低声说:"下次过节一定陪你去。"

"下次什么节?"

"春节。"

周诣冷笑了一声,对他开玩笑缓和气氛的行为置之不理,拿起被拨到一边的工作合同,径自走出了卧室。

早知道就不搞这出惊喜了,他想。

就跟上学时候给陈铎送纸星星一样,每回他准备惊喜,都是还没喜,就崩了。

演唱会如期举办的那天,周诣一个人来到了工人体育场。

他已经推掉了飞机票和会议,还大张旗鼓地告诉所有人自己要和陈铎一起去看演唱会,如今陈铎毫不犹疑地放了自己的鸽子。别说员工怎么看,他自己都觉得丢人。

番外四　演唱会

周诣没好气地在场外周边摊上买了一支应援荧光棒。他扫视摊上物品时的眼神颇为冷淡，摊主以为他怀疑自己这些东西的质量，于是没好气地嚷嚷了一句："信不过就别买！"

周诣懒得理他，视线扫过一个小熊发光发箍时停留了下来。他指着它问摊主："这个多少钱？"

"信不过别买！"

"这个，"周诣重复了一遍，"多少钱？"

"五十。"摊主双手环着胸。

周诣说："我要一个。"

摊主给他拿了一个装进礼物袋里。

周诣看了一眼小熊弯弯的嘴角形状，又说："再拿一个。"

"好看吧？"摊主得意地按下发亮开关，小熊通电，立刻亮起闪烁的粉色灯光，"你戴上？"

"可别，"周诣挑眉，"戴上多难看。"

"哎，我说你这人！嫌难看你买什么？你吃饱了撑的？！"摊主叫嚷起来。

周诣从摊主手中夺过两只小熊发箍之后便快步离开。他在场外等候了几分钟，检票开始之后便走了进去。

周诣远远看到几个身穿黑色制服的特警站在检票口，手上拿着安全扫描仪。他盯着其中一个看了一会儿，越发觉得这人眼熟，于是压住心底的躁动拿出手机，给陈铎打去了电话。

下一秒,那位特警的口袋里便传出手机铃声:"夏天的风吹入我心中……"

旁边同样在安检的同事看了陈铎一眼,嘴角忍不住向上翘,调侃道:"没交手机呀,铎哥。"

陈铎抿唇,想为自己狡辩几句,还没开口便被同事打断:"我在这儿替你看着,你去接吧。"

"不用,"陈铎说,"你检查不过来。"

手机铃声在这一刻很有眼力见儿地停止,来电人主动挂断了电话。陈铎伸手摸了一下口袋里微微发烫的手机,按捺住想要查看来电人的欲望,对同事说:"接着工作吧。"

他刚说完,一道人影过来了,一个高大的男人站到了安检台上。同时,他嗅到一股熟悉的香水味。

陈铎抬头,看到周诣头上戴着一个发亮的粉色小熊发箍,笑眯眯地看着自己。

不知为何,陈铎有种刚才那通电话就是周诣打来的感觉。他咳嗽了一声,虽然有很多话想跟周诣说,比如自己为什么会突然被调来工人体育场执行安检任务,但现在是工作时间,他得对得起身上穿的这身衣服。

于是陈铎装作不认识周诣,冷淡地下令:"头箍摘了。"

周诣忍着笑"嗯"了一声,把头箍摘下来装进礼物袋里,张开双臂任由陈铎拿着扫描仪扫了自己一遍。

陈铎说:"转过身去。"

周诣老老实实地把身体转了过去,后背朝向陈铎。陈铎摸了一下他的裤兜,问:"这是什么?"

周诣嘴角的笑容快要绷不住了,他压低声音说:"你家的钥匙。"

陈铎:"……"

"走。"陈铎面无表情地直起腰来,看向他身后的下一个人,说:"上来安检。"

周诣下了安检台,回头看了陈铎一眼。站在他身后的是个年轻女孩儿,和陈铎对上视线之后便迫不及待地掏出了手机,问能否加微信。

陈铎百年难得一回地在被要微信这件事上给出了反应。他掏出了手机,打开的却不是微信,而是来电记录。

屏幕上显示着三分钟前的一通未接来电——周大爷。

果然。

陈铎没有理会身前女生希冀的眼神,转过身,看向身后的周诣。

周诣不知何时又戴上了小熊发箍,还朝自己晃了晃手上的另一个,十分开心。

陈铎用口型无声地对他说了两个字:幼稚。

《夏天的风》的原唱将要登台的前十分钟,坐在观众席里的周诣忽然听到一声"借过"。

彼时他正挥舞着应援棒准备尖叫，转头一看，陈铎换了一身便装，正猫着腰越过一个一个座位朝自己走来。

陈铎在周诣身旁的位子坐下时，周诣发出了一声不小的阴阳怪气的"啧啧"声。

"某人不是说来不了吗？"周诣说。

陈铎低下头，小声说："我这不是来了嘛。"

"你不执行任务了？不给人微信了？"

"我道歉，我的任务一完成，"陈铎低眉顺眼地回道，"就过来看演唱会了。"

周诣"哼"了一声，从礼物袋里拿出另一个头箍，递给陈铎："自己戴上。"

陈铎有点儿不好意思，环视了一下身边的人，像做贼一样拿起小熊头箍戴在了自己头上。

周诣觉得他的模样好笑，给了他的肩膀一拳。

陈铎脑袋一晃，头箍跟着滑下来。他一边慌忙扶正，一边恶狠狠地还给周诣一拳："都道歉了还想怎么样？！"

周诣连忙说："好，好，好。都不生气了，都不生气。"

陈铎朝上瞄了一眼自己的头箍，问："我的怎么不亮？"

"没开灯。"周诣示意他凑近，"脑袋伸过来，哥给你打开？"

陈铎把脑袋移过去，周诣按下头箍发亮的开关，然后笑道："陈小熊。"

番外四　演唱会

"滚！"陈铎的脸臭下来，他指着周诣冷声说道，"别找事，周二狗。"

周诣对这个称呼愣了一下，接着便笑出了声。他的笑声过于狂放，导致周边许多人的目光都投了过来。

原唱登台献唱时，场馆内爆发出一阵排山倒海的欢呼声。

周诣一边挥舞起应援棒，一边举着手机用镜头记录此刻的盛况，许多人的合唱声盖过了原唱的声音。他转头看了一眼陈铎，大声喊："唱！"

"夏天的风吹入我心中。"陈铎跟着小声地唱了一句。

"唱！"周诣一嗓子吼了出来，"夏天的风吹入我心中！"

陈铎："……"

"你唱不唱？"周诣指着他说，"不唱就把你的小熊灯关掉。"

"唱。"陈铎无可奈何地喊，"唱！"

陈铎抬高嗓门跟唱了下一句歌词。周诣很满意他的表现，于是将手机镜头翻转对准两个人，拍下了一张合照。

周诣突然反应过来这好像是自己第一次和陈铎合影，高兴得不行。

"陈铎。"

"嗯？"陈铎停下跟唱，目光移向手机里的两个人，"怎么？"

"咱们以后每天拍一张合照，行不行？"周诣笑着说。

知返

"行，"陈铎也笑了笑，"拍到拍不动为止。"

"那我永远拍得动，"周诣轻松地按下快门，"你看，我永远拍得动。"

图书在版编目（CIP）数据

知返 / pillworm 著 . -- 武汉：长江出版社，2024.
9. -- ISBN 978-7-5492-9515-9

Ⅰ. I247.5

中国国家版本馆 CIP 数据核字第 2024U4X472 号

知返 / pillworm 著
ZHIFAN

出　　版	长江出版社
	（武汉市解放大道 1863 号　邮政编码：430010）
市场发行	长江出版社发行部
网　　址	http://www.cjpress.cn
责任编辑	李剑月
特约策划	梨　玖
特约编辑	橙　一
封面设计	沐　沐
印　　刷	大厂回族自治县德诚印务有限公司
版　　次	2024 年 9 月第 1 版
印　　次	2024 年 9 月第 1 次印刷
开　　本	880mm×1230mm　1/32
印　　张	8
字　　数	222 千字
书　　号	ISBN 978-7-5492-9515-9
定　　价	48.00 元

版权所有，侵权必究。如有质量问题，请与本社联系退换。
电话：027-82926557（总编室）　027-82926806（市场营销部）